杨 雨 著

杨雨讲诗词故事
YANG YU JIANG SHICI GUSHI

周 敏 绘

品格卷
PINGEJUAN

湖南少年儿童出版社
HUNAN JUVENILE & CHILDREN'S PUBLISHING HOUSE

图书在版编目（CIP）数据

杨雨讲诗词故事. 品格卷 / 杨雨著；周敏绘. --
长沙：湖南少年儿童出版社，2018.3（2018.9 重印）
　ISBN 978-7-5562-3715-9

Ⅰ.①杨… Ⅱ.①杨… ②周… Ⅲ.①古典诗歌 – 诗
歌欣赏 – 中国 – 青少年读物 Ⅳ.①I207.22-49

中国版本图书馆CIP数据核字(2018)第035693号

CnS 杨 雨 讲 诗 词 故 事 · 品 格 卷
PUBLISHING & MEDIA
中南出版传媒
YANG YU JIANG SHICI GUSHI · PINGE JUAN

总 策 划： 周　霞
策划编辑： 罗晓银
责任编辑： 罗晓银
封面设计： 陈泽新
版式排版： 百愚文化　张　怡　刘云霞
质量总监： 阳　梅

出 版 人： 胡　坚
出版发行： 湖南少年儿童出版社
地　　址： 湖南省长沙市晚报大道89号　　**邮　　编：** 410016
电　　话： 0731-82196340 82196334（销售部）
　　　　　　0731-82196313（总编室）
传　　真： 0731-82199308（销售部）
　　　　　　0731-82196330（综合管理部）

经　　销： 新华书店
常年法律顾问： 北京长安律师事务所长沙分所　张晓军律师
印　　刷： 深圳当纳利印刷有限公司
开　　本： 880 mm×1230 mm　1/16
印　　张： 11
版　　次： 2018年3月第1版
印　　次： 2018年9月第2次印刷
书　　号： ISBN 978-7-5562-3715-9
定　　价： 29.80元

　　这是一套被约请的丛书，与往常被约书稿时的迟疑不同，这次接到出版社的约请，我几乎是满口应承了。这除了与"诗词"的主题有关，也与我一直想为青少年诗词爱好者写点东西的心愿有关。对于我来说，洋洋洒洒写下这五卷四十多万字的诗词解析，倒不是为迎合当下的诗词热，而是作为诗词中人，普及传播中国的优秀诗词，我一直引以为自己的天职。我很清楚，所有的"热"都有一定的时效性，都会有降温的时候，从而变成僻置一旁的"冷"。而中国作为诗的国度，忽冷忽热的情形都不是诗词应有的常态，诗词就应该是我们生命中的一股暖流，舒缓、优雅而有力地呵护着我们的人生。

　　诗词究竟有着怎样的魅力呢？也许答案各不相同，但我深信，长期浸染诗词的人，诗词回馈的一定是丰厚而优质的生命质量。辛弃疾曾惊讶地发现他与自然之间，时常有着互相深情而神奇的眷顾之心，他说："我见青山多妩媚，料青山见我应如是。"这是一种怎样温润而浪漫的情怀和情景，又有谁能拒绝这样心物交融后纯净而纯美的时刻呢？而人文中的诗词与自然中的"青山"，其与"我"的关系正是神韵相似的。我希望更多的人走近诗词，尤其希望青少年多品读诗词，多感受一流诗人笔下曾经的风景和情怀，从而让自己的世界更丰盈、更有姿态、更有内涵。

　　为了便于读者在主题上把握古典诗词的类型，我将这套书分为品格、智慧、珍惜、情谊、自然五卷。每卷之下再细分若干专题，如品格卷下分爱国、战争、气节三篇；智慧卷下分人生哲理、豁达胸襟、讽刺劝谏三篇；自然卷下分羁旅行役、赠友送别、追忆梦境、隐居林泉四篇，等等。当然，所有的分卷分篇也只具备相对的意义，其中交错夹杂的情况难免存在，所以严格来说，这个主题及主题之下的细目只是从大概的意义上来划分的。但我也深知，古典诗词所反映的世界如此繁复变幻，如果混沌无序地把这些诗词随置一处，可能更让读者有茫然无措之感了。

　　我选择的这一百五十首诗歌，从先秦的《诗经》到龚自珍的作品，基本上涵括了整个古代的诗歌发展史，显然带着尽力展示诗史源流的用意。这些诗歌更在主体上覆盖了中小学语文课本收录的诗词，兼收一些虽未被收入语文教材，但在中国诗歌史上卓有影响的作品，目的当然是为青少年学生在学习《语文》课程之外，拓展他们的诗词视野，加深他们对诗史源流的整体性理解和接受。

诗词虽然是诗人思想和情感的结晶，但其背后往往有着广阔而深远的社会现实背景。我的解析注重知人论世，原因亦在此。如我在分析辛弃疾《破阵子·为陈同甫赋壮词以寄之》一词时，用了一半多的篇幅叙说南宋与金朝之间称"臣"称"侄"的屈辱历史，并最终形成以"主和"为核心的南宋偏安政治局面。在这种背景之下，陈亮与辛弃疾的"鹅湖之会"，剧谈"恢复之事"，简直可以视为一场民间"英雄会"。以此来看词中"了却君王天下事，赢得生前身后名。可怜白发生"数句，辛弃疾的内心该深藏着何等的苍凉与悲愤！

考虑到青少年的接受特点，我在讲解中还非常注重故事性的场景还原，以使读者能形象而便捷地切入到诗歌的情境之中。李白的《赠汪伦》本身就是写一个诗坛巨星与粉丝之间的有趣故事。汪伦以一封夸奖泾川有"十里桃花""万家酒店"的信件，引发了李白的兴趣。但这背后实际上是汪伦的"狡狯"之心。面对并无桃花的"桃花潭"和只有一家"万"姓人开的"万家酒店"，不用说，李白与汪伦的见面一定充满着戏剧性。还原这一戏剧性的场景，想来读者可以对当年那"历史性"的场面心追神想了。

一等的诗歌当然也具有一等的艺术性，所以对诗词的艺术分析，也是题中应有之义。书稿中分析《山鬼》用风云变幻的景物变化来写一个荡气回肠的爱情故事，可以说是情景交融的典范。而汉乐府《妇病行》是如何体现乐府诗"感于哀乐，缘事而发"的艺术特点，等等，这些也都在讲解中会涉及。情感的熏陶与艺术的感染，是我讲解时并重的两翼。

在一个飞速发展的时代，也总有人担忧诗词的边缘化。而以我粗浅的了解，至少在中国人的心中，这是一种过虑了。诗词可以不张扬在生活的表象，独自徘徊；但也必然会盘踞在心里，生根发芽。伴随着诗歌一路走来的中华民族，这种诗性早已沉淀在血脉里，是一种与生命同在的存在。"莫愁前路无知己，天下谁人不识君。"高适的这首诗是写给琴师董大的，如果我们把"君"换作"诗"，我觉得这完全就是诗词的自信了。

诗词，天下谁人不识君！诗词，何愁前路无知己！

杨雨

2018 年 2 月 10 日

目 录

气节篇

爱国篇

我心则忧——许穆夫人《载驰》

公元前690年，也就是周庄王七年，在卫国都城朝歌（今河南淇县），一个女婴呱呱坠地，她就是卫宣公儿子公子顽的女儿，也是在位的君主卫懿公的堂妹。她的身份，实际相当于后世的公主。这位"公主"在卫国有两个哥哥——戴公和文公，还有两个姐姐——齐子和宋桓夫人。

这位"公主"很小的时候就声名远扬，因为她貌美如花，才华出众，不仅卫国人引以为豪，连其他的诸侯国都在传颂她的美名。等她成年之后，各个诸侯国前来求亲的国君络绎不绝，其中条件最为合适的是许国国君许穆公和齐国国君齐桓公。虽然作为卫国身份尊贵的"小公主"，她并没有自由择婿的权利，只能听凭父母或者国君的安排，但她人小志大，从小对"国际形势"就颇有研究，对卫国与各个诸侯国之间的关系更是了如指掌。当卫懿公在两位求亲者——许穆公和齐桓公之间犹豫不决的时候，"小公主"对卫懿公说："许国小，而且距离卫国太远，齐国是大国强国，距离卫国也很近。咱们千万不要舍近求远、舍大求小啊！放眼当今之世，只有大国强国才能称雄一方，万一卫国边境发生了外敌入侵的事情，也只有大国强国才能帮得上咱们。如果把妾嫁给齐国，齐国和卫国成为姻亲之国，以后卫国有什么事，齐国也能成为咱们强有力的外援。"

这番话分析得很有道理，可见少女时代的"小公主"已经表现出强烈的爱国情怀。可是卫懿公并不是一个明君，他被许穆公送来的丰厚的礼物所打动，"小公主"的话他听不进去，最终还是决定：将自己的堂妹嫁给许穆公。于是，这位才貌双全的卫国"小公主"在历史上的称呼就变成了"许穆夫人"。

许穆夫人虽然远嫁许国，贵为一国国君的夫人，锦衣玉食，养尊处优，可她从来没有忘记过自己的祖国，也时刻为卫国的安危担忧。她经常独自登高望远，眺望故乡卫国所在的方向，还写下了思念家乡的优美诗篇《泉水》《竹竿》等。她太了解她的堂兄了——卫懿公的所作所为实在不像是一个英明的君主。

卫懿公在位期间，奢侈无度，尤其喜欢养鹤，对鹤的宠爱远远超过了对卫国的人民，他甚至按照鹤的不同种类、形态给鹤赐封不同的爵位或官阶，享受相应的丰厚俸禄。他自己出游的时候，他的鹤也按照不同品级乘坐在高大华丽的车子中，前呼后拥，十分壮观。国君这么喜欢鹤，下面的官员们就拼命逢迎，下令让老百姓到处去捕鹤献给国君，原来的宫苑养不下这么多"高官厚禄"的鹤，只能不断扩建，需要的大量钱财都从老百姓身上搜刮，闹得民不聊生，卫国百姓怨声载道。

趁着卫懿公荒淫奢侈、老百姓离心离德的机会，北方的狄人挥师入侵，卫国军队被迫迎战。可是分发武器的时候，战士们都说："为啥不让国君的那些鹤去打仗呢？养兵千日，用兵一时，那些鹤享受着那么高的待遇，国君对我们这些人却从来都是不闻不问。我们哪有什么资格打仗呢！还是让那些鹤去吧！"

卫懿公如此大失人心，军队没有丝毫士气和战斗力，在强悍的狄人面前，卫国兵败如山倒，卫懿公自己也死在乱兵之中，老百姓四处逃难，流离失所。

这时，许穆夫人的姐夫宋桓公派人到黄河岸边接应卫国的难民，连夜渡过黄河，将难民安置在曹邑，并立许穆夫人的哥哥戴公为卫国国君。一个月后，戴公去世，又改立许穆夫人的另一个哥哥文公为卫国国君。

卫国蒙难的消息不久就传到了许国，许穆夫人知道后，苦苦哀求许穆公发兵援救卫国。可是许国是个小国，力量很薄弱，胆小的许穆公哪里敢去碰狄人这个硬钉子呢！许穆夫人眼看丈夫靠不住，也不顾丈夫的阻拦，带上几大车救济物资，日夜兼程，直奔安置卫国难民的曹邑。

一路上，许国的大臣们多次赶来拦截她，生怕她会将许国也牵连到战争中，可他们的阻拦和指责丝毫不能改变许穆夫人救国的坚定决心。来到曹邑之后，许穆夫人一边命人赶紧卸下救援物资，安抚卫国难民，一边立即会见卫国君臣，商量救国、复国的办法。在她的坚持下，卫国君臣决定：一方面派人向齐国求援；一方面着手整顿军队，厉兵秣马，准备复国战争。当时在位的齐国国君齐桓公是著名的春秋五霸之一，也是赫赫有名的明君，他虽然没有娶到许穆夫人为妻，可是仍然为许穆夫人拳拳爱国之心深深感动，于是下令派遣公子无亏率领三百乘战车、三千兵士去守卫曹邑，还馈赠了许多牛羊、马匹等必需品。由于齐桓公的帮助，许穆夫人联齐抗狄的策略得以实现，不久，卫国在楚丘重建了都城，开始走上复兴之路。

如果没有许穆夫人对祖国的忠诚、没有许穆夫人临危不乱的智慧、没有许穆夫人矢志不渝的救国志向，就没有卫国的亡而复兴。就在许穆夫人赶去营救卫国的路上，她写下了著名的爱国诗篇《载驰》：

载驰载驱，归唁卫侯。驱马悠悠，言至于漕。大夫跋涉，我心则忧。
既不我嘉，不能旋反。视尔不臧，我思不远。
既不我嘉，不能旋济。视而不臧，我思不閟。
陟彼阿丘，言采其蝱。女子善怀，亦各有行。许人尤之，众稚且狂。

我行其野，芃芃其麦。控于大邦，谁因谁极！

大夫君子，无我有尤。百尔所思，不如我所之。

这首诗表达了许穆夫人救国的迫切心情，她快马加鞭、日夜兼程，只为了能够赶去慰问卫国国君和老百姓，安抚人心。从许国到卫国的路途那么漫长，那么遥远，可是这丝毫不能动摇她回归祖国的决心。许国大臣一批又一批地追来，试图阻止许穆夫人，可是忧心忡忡的许穆夫人心里想的都是如何营救自己的国家，对许国大夫的阻挠置之不理：

"为什么你们不赞成我的决定，我就非要听你们的？为什么我就不能回到我的祖国呢？为什么你们都认为我的想法是错误的呢？难道你们不同意我回国，我就不能渡过黄河去挽救我的故乡？难道我的想法有什么不对吗？

"这一路上，我登上过高高的山丘，采下可以缓解忧虑的贝母草，我的心里满怀亡国的痛苦，我一定要坚持我救国的决心和主意。你们这些自以为是的许国大夫实在是又愚蠢又狂妄。

"这一路上，我经过了茫茫的原野，卫国郊外的麦子已经成熟，可是却没有人收割，这更增添了内心的难过。我想求助于大国齐国。到底谁才值得依靠？谁能派兵援助我们复国呢？

"你们这些许国的大夫啊，你们不要再来骂我、阻挠我了。你们七嘴八舌，乱七八糟的主意想了一大堆又有什么用？还不如我要做的事情管用，就让我去向齐国求援吧！这是卫国复兴唯一可能的办法了！"

在卫国面临灭亡的生死存亡之际，许穆夫人不顾路途遥远、不顾许国君臣的阻挠，坚持向齐国求助、一心一意挽救祖国的满腔忧虑和爱国热忱，在《载驰》这首诗里表现得非常动人。也因为这首诗，许穆夫人名载史册，成为了中国历史上第一位爱国主义女诗人。

载驰载驱，归唁¹卫侯。

驱马悠悠，言至于漕。

大夫跋涉，我心则忧。

既不我嘉，不能旋反。

视尔不臧²，我思不远。

既不我嘉，不能旋济。

视而不臧，我思不闷³。

陟彼阿丘，言采其蝱⁴。

女子善怀，亦各有行。

许人尤⁵之，众稚且狂。

我行其野，芃芃⁶其麦。

控于大邦，谁因谁极！

大夫君子，无我有尤。

百尔所思，不如我所之。

（许穆夫人《载驰》）

注释：

1.唁：[yàn] 向死者家属表示慰问，此处不仅有哀悼卫侯之意，还有凭吊宗国危亡之意。

2.臧：[zāng] 好；善。

3.闷：[bì] 闭门；闭。

4.蝱：[méng] 贝母草。采蝱治病，比喻设法救国。

5.尤：责难；责怪。

6.芃芃：形容麦苗生长得茂盛的样子。

吾将上下而求索——屈原《离骚》

大约公元前319年，在楚国富丽堂皇的宫廷里，两位盛装的男子正在促膝交谈，宫廷侍从在远远的地方垂首侍立。密谈的两位男子，其中一位年纪约摸四十岁，微微有些发福，但是身材依然称得上强壮。他身着黄色宽袍，头戴庄严的礼帽，额头前垂下的九串珠玉显示出他尊贵的地位——战国时候，只有天子的王冠才能用十二根玉串——也就是"旒"，诸侯王则用九根旒装饰帽檐。从这位中年男子的衣冠冕旒可以判断，这正是当时楚国的统治者——楚怀王熊槐。

在怀王对面席地而坐的是一位年纪约二十岁出头的青年公子，他峨冠博带，衣饰鲜艳华美，越发衬托出他面容俊美，气宇轩昂。青年公子正在侃侃而谈，看得出他胸有成竹，虽然面对的是威严的楚王，但他没有流露出丝毫的胆怯，说到激动的地方，他还会霍地站起来，修长挺拔的身材一览无余。很显然，他的言谈已经深深吸引了楚怀王，怀王时而专心地倾听，情不自禁地点点头表示赞许；时而打断青年的话，提出一两个问题，丝毫不介意青年因为激动偶尔的失态和失礼。

这位激情四溢的青年公子，正是楚怀王当时最信任的臣子之一——左徒屈原，在官职上已经是仅次于令尹的"二把手"。屈原虽然年纪很轻，却早已是楚国朝野闻名的青年诗人，无论是在楚国的宫廷，还是在民间，他创作的诗歌早已家喻户晓，俨然是楚国的"文坛领袖"了。

作为楚国的青年政治家，屈原最大的愿望是在内政上通过变法，富国强兵，让楚国重振雄风，在胜则称霸、败则灭亡的战国能够牢牢地站稳脚跟，成为真正的天下霸主；在外交上则希望通过联合齐国，共同对抗日渐强大且野心勃勃的秦国，巩固并扩大楚国的影响和势力范围。

他的这个愿望，当然也是雄心勃勃的楚怀王的愿望，楚国曾在数次争霸战中获胜，一度被视为统一中原的"头号种子选手"。因此，他们这一对君臣，才会因为共同的目标结成如此亲密的朋友。

楚国的强大与君臣同心让地处西北的秦国心生忌惮，秦国立即开始采取一系列手段，试图制造楚国内部的矛盾。于是，秦惠王召来相国张仪，问他："我想攻打齐国，可是，齐楚现在关系这么要好，你帮我想想看，我们有什么法子对付他们？"张仪回答："大王只要为我准备好车子和足够的钱就行了，我一定替大王解决困难。"

楚怀王十六年，也就是公元前 313 年，张仪带着重金来到楚国，他很快买通了楚国朝廷贵臣上官大夫、靳尚之流，连怀王的小儿子子兰、司马子椒等重臣都在张仪的收买之列。更厉害的是，张仪还打入了怀王的后宫，重金买通了怀王最为宠信的夫人郑袖，邀集他们一起在怀王面前说屈原的坏话。不出张仪所料，内有郑袖的枕边风，外有子兰、上官大夫等人的极力配合，楚怀王对屈原的态度陡变：从堪称心腹知己般的信任，到被小人陷害蒙蔽而愤然大怒。怀王态度的剧变，成了屈原政治生命的转折点。

张仪很了解楚怀王的弱点：贪财好色。为了说服怀王断绝与齐国的关系，他故意对怀王说："如果大王您果真能够看在仪的面子上，闭关绝齐，那么，请您派遣您信得过的使臣，和仪一起返回秦国，秦国将分给楚国商於这块方圆六百里的土地。楚国得到这块土地，那无异于猛虎添翼，楚国更强，而齐国更弱，还怕齐国不臣服于楚吗？对楚国而言：北边削弱了齐国，西边又与强秦结盟，同时又增加了商於六百里土地的财富。仪私下为大王您打算：这可真是一箭三雕的大好事啊！"

怀王大喜过望，高兴地拉着张仪的手，说："如果秦王愿意归还我楚国的故地，寡人又何必独独爱重齐国呢？"

张仪也笑着说："大王，还不止这个呢。秦王许诺：大王与齐国绝交之后，秦王还要奉上秦国美女为大王的侍妾，日夜为您洒扫宫苑，侍奉汤沐。秦、楚世世代代为婚姻兄弟之国，以抵御诸侯的侵犯。还请大王笑纳秦王的这一番好意啊！"

怀王哈哈大笑，说："先生果然是寡人之股肱啊！"喜出望外的怀王不仅天天大摆酒宴，热情款待张仪，将张仪视为心腹，每次召见大臣的时候，怀王还喜形于色地对这个说"寡人又收回我国的商於之地了"，对那个说"吾复得吾商於之地"……恨不能遍告天下。而子兰、靳尚、上官大夫等人也纷纷附和着怀王，向他道贺。

怀王的得意忘形，屈原看在眼里，急在心上。他太了解张仪、也太了解秦国与楚国目前的形势了。秦国为了伐齐，想出这个计谋，只不过是缓兵之计，暂且先稳住楚国罢了。以秦国之强悍，怎么可能轻易就将苦心经营的军事要塞武关、富庶辽阔的六百里商於之地拱手送还楚国呢？可是怀王早已被六百里商於之地的诱惑冲昏了头脑，根本听不进屈原的再三劝谏，执意派遣使臣跟张仪去秦国接收土地。

张仪一路好吃好喝地陪着楚国使臣，快到秦国都城咸阳的时候，张仪假装喝醉了酒从车上摔下来，摔伤了腿，以伤病为由，整整三个月没有上朝。楚国使臣这下急得如同热锅上的蚂蚁，求见秦王，秦王不许；去拜访张仪，张仪称病不出。使臣无奈，只好直接上书秦王，说张仪已许诺将六百里商於之地交还给楚国。秦惠王看到上书，故意装糊涂，回复说："如果张仪真的与贵国有这样的承诺，那寡人自当兑现。但是，寡人听说楚国与齐国并未完全断绝关系，寡人生怕会被楚国欺骗，必须等张仪病好之后，寡人要当面问清事情的真相，才敢相信啊。"

　　使臣一听这话的意思，好像是秦王不相信楚国与齐国真的绝交，于是又修书一封寄回国内。怀王一看情况有变，虽然心里也有些疑惑，却还是不肯把事情往坏的方面想，反而是检讨起自己来："张仪是不是觉得寡人与齐国绝交得还不够彻底呢？"

　　这么一想，怀王索性又加派了一名武士，快马加鞭地赶到齐国。这位武士就在齐国都城临淄城外破口大骂齐王，极尽侮辱之能事。

　　齐国也是泱泱大国，岂能容忍这样的耻辱！齐王一怒之下，干脆派使臣西入秦国，表示愿意和秦国结盟，一同攻打楚国。齐国使臣来到咸阳，秦惠王立即接见了他，两国暗中恢复了邦交。张仪一直等到秦国和齐国结盟之后，这才假装病好了上朝。上朝时张仪碰到了楚国使臣，还故意装出十分惊讶的样子，问："将军怎么还没有接受土地回国，怎么还待在这儿呀？"

　　楚国使臣说："秦王要等相国病愈之后专门面谈此事。幸亏相国您身体无恙，请面奏秦王，早日定下地界，我好回去复命。"

　　张仪又故作恍然大悟的样子："这区区小事何必要惊动秦王？我张仪就能做主啊！因为我要献给楚王的土地正是我张仪自己的封地啊！"于是，他打开地图，指着地图说："来来来，你看，从这里到这里，这方圆六里的地方，从今往后就属于楚国大王了。"

　　楚国使臣一听，这可上了大当了，六百里商於之地，一转眼缩水成了六里地，这如何回去向怀王交差呢？楚使恼羞成怒，说："臣奉大王之命，来接受六百里商於之地，没听说过六里地。"

　　张仪又假装惊讶地说："仪明明答应贵国大王的是六里地啊，这六里地本来是我张仪的封地，我地位卑贱，封地只有这么大点地方，我怎么可能和商君相提并论，哪里配拥有六百里那么大的地方呢？再说了，秦国的土地都是将士们浴血奋战得来的，一寸土地都不会拱手让人的，更别说是六百里了！”

楚国使臣一见张仪显然在耍赖，愤怒地转身拂袖而去。三个月滞留秦国，不仅一寸长的土地都没拿到，反而是等来了秦国和齐国结盟的消息。这样明目张胆的欺骗让怀王勃然大怒，决定断绝与秦国的外交关系，并且兴兵讨伐秦国。可是，楚国的军队根本没有做好充分的准备，怀王一时冲动发起的对秦战争接连遭遇了丹阳会战、蓝田会战两场大败，楚国损兵折将，元气大伤。

然而，血的教训并没有让怀王吃一堑长一智。这一次张仪的欺骗还只是楚国厄运的开始。从此之后，怀王又屡次被秦国所欺，直到楚怀王二十四年，也就是公元前305年，在秦国的厚礼诱惑下，楚怀王再一次决定背叛齐国，与秦国结盟。屈原自然是据理力争，全力反对怀王背齐联秦。然而，怀王丝毫不能理解屈原的耿耿忠心和远见卓识，反而对屈原的据理力争恼怒不已，再加上郑袖、子兰、靳尚等人在旁怂恿，怀王盛怒之下，竟然做出了一个惊人的决定——将屈原逐出郢都，以免他继续破坏秦楚联盟。

忠心耿耿却不被理解甚至还招来被放逐的厄运，屈原内心无比痛苦。但个人命运的苦难还不算什么，更令屈原痛心的是怀王的执迷不悟。怀王赶走屈原之后，又屡次被秦国耍弄，还被秦国大军征讨，楚国将士死伤数万。楚国的命运仿佛就在悬崖边上，摇摇欲坠。

漫长而孤独的放逐生涯，屈原没有一刻忘怀过楚国的命运，他对祖国的满腔热血、对祖国前途的无限担忧，化为他笔下汹涌澎湃的文字，成就了中国历史上第一篇最伟大的诗歌——《离骚》。《离骚》作为中国第一首长篇抒情诗，一共有三百七十三句，两千四百九十个字，反映了屈原真实而强烈的情感，带有明显的自传性质。关于屈原为什么以《离骚》为诗名，代表性的说法主要有两种：一种认为“骚”是忧愁的意思，

"离骚"即离别的忧愁，屈原因为被怀王放逐，因而产生离别的深深痛苦；另一种则认为"离"应该解释为"罹"，也就是"遭遇"，"离骚"即遭遇忧患而写下的诗篇。[1]

> 驷玉虬以乘鹥兮，溘埃风余上征。朝发轫于苍梧兮，夕余至乎县圃。欲少留此灵琐兮，日忽忽其将暮。吾令羲和弭节兮，望崦嵫而勿迫。路漫漫其修远兮，吾将上下而求索。

《离骚》的核心思想主要体现在这两句中："路漫漫其修远兮，吾将上下而求索。""上下求索"的精神，代表了一个伟大的诗人，在濒临国家与个人绝境的苦难中，仍不放弃对真理和理想的热烈追求，在国家危难之际仍然不顾个人安危和个人名利，执着探索救国救民的道路。屈原为这种极为艰苦的求索赋予了特别浪漫的神话色彩，他说："我驾着玉虬乘着凤车啊，趁着一阵突如其来的大风我向天上飞去。我一大早从九嶷山的苍梧出发，傍晚就来到了昆仑山的县圃；我想在神仙府前稍作停留，可是太阳却匆匆落下。我命令为太阳驾车的羲和赶紧踩刹车，不要走得那么快，不要那么快靠近太阳即将落下的崦嵫山。因为我要追求的路还很漫长很遥远啊，无论天上地下，四面八方，我都要执着地去追求、去探索。"

屈原在《离骚》中运用大量神话和古代历史中的人物和地名，表达自己无论忍受多少误解、多少打击，无论面临多少孤独、多少艰辛，都要矢志不渝地追求治国真理的信仰。屈原亲眼看到，楚国朝政的腐败最终断送了楚国的前途；他更清醒地看到，国家一旦遭殃，个人虚幻的名利又怎么可能长久？仅仅凭一己之力，屈原不可能挽救楚国的命运，但他的至爱真情，却沉淀为中华民族绵延不息的精神财富。在一代又一代思想家与文学家的光芒中，在泱泱大国多灾多难的振兴道路中，始终闪现着屈原行走不息、上下求索的身影。

驷玉虬以乘鹥²兮，

溘³埃风余上征。

朝发轫于苍梧兮，

夕余至乎县圃。

欲少留此灵琐兮，

日忽忽其将暮。

吾令羲和弭节兮，

望崦嵫⁴而勿迫。

路漫漫其修远兮，

吾将上下而求索。

（屈原《离骚》节选）

注释：

1. 见班固《汉书》。

2. 鹥：凤凰。

3. 溘：忽然。

4. 崦嵫：[yān zī] 山名，位于甘肃天水市西。此处指古代神话中太阳落入的山。

念天地之悠悠——陈子昂《登幽州台歌》

初唐诗人陈子昂虽然是个不折不扣的"富二代"，却并非一个花天酒地的纨绔子弟，他的青年时代是在寒窗苦读中度过的。成年之后，他来到京城，希望自己的满腹才学能有一个更广阔的施展平台。初到长安时，陈子昂虽然腰缠万贯，可毕竟只是第一次进京两眼一抹黑的外乡人，别说长安城的高门广厦让他眼花缭乱，他也没有世交故友可以去套套近乎、拉拉交情，况且，清高的性格也让他不愿低眉顺眼去求人。

唐高宗末年的一天，长安街头来了一个仙风道骨的老人，天天在集市上一个固定地方叫卖他的胡琴。那把胡琴材质上乘，做工精致，音质也是无比美妙。老人一开口就索价百万，而且没有一点讨价还价的余地。他还放出话来说："这样天下无双的好琴，只能卖给天下无双的识货人！"因此，这把琴始终是围观者多，问津者少。

有一天，一个二十出头的年轻人大步流星来到卖琴老人跟前，将一百万往老头面前一放，说："一百万在这里，这琴我要了。"

闻讯赶来的市民将年轻人围了个里三层、外三层，想看看到底是何方神圣，出手比京城的大款还要阔绰。

年轻人从容地一拱手，朗声说道："诸位，本人别无所长，唯有胡琴是在下的拿手绝活。明天同一时辰，我将在寓居的宣阳里为大家演奏胡琴。到时请大家移驾光临，鉴赏批评！"说罢，年轻人头也不回，大踏步走了，他的书童则抱着天价胡琴紧紧跟在他身后。

第二天，那些对胡琴觊觎已久的达官贵人、梨园乐手、文人士大夫等一百多人，赶在预定的时间之前，来到宣阳里，一时间宣阳里人声鼎沸。

年轻人如期而至，他的书童仍然紧紧抱着那把让无数人垂涎三尺的胡琴。年轻人来到厅堂中心，叽叽喳喳的议论声骤然沉寂下来，大家都屏息静气等着聆听这位自称是"天下第一胡琴手"的年轻人弹琴。

"啪！"

出乎所有人意料，年轻人站定之后，并没有像众人期待的那样开始演奏，而是高高举起胡琴奋力往地上一摔！琴弦崩断，琴身粉碎。

正在众人目瞪口呆之时，年轻人抬抬手，大声说道："我陈子昂，来自蜀中，曾寒窗苦读数载，我虽无二谢（谢朓、谢灵运）之才，但也有屈（原）、贾（谊）之志，可是没有想到我携诗文百篇，奔走于长安城，竟然无人赏识！而一把胡琴却能引来全城轰动。我今天把这琴摔烂了，是想让诸位看看，一百万不值得可惜，我的满腹经纶才是真正的无价之宝！"

陈子昂一边说，一边把他多年来的作品一一分发给大家。大家一边在心中惊为奇人，一边把注意力转移到了作品上。诗文果然不凡！其中"感时思报国，拔剑起蒿莱"之句，使人赞不绝口，于是争相传诵，一日之内，子昂诗名满京华。不久，连武则天也听闻此事，并召见了他。据说武则天召见陈子昂后，就被他的才华所折服，授予他重要官职，陈子昂正式成为了朝廷命官。

伯玉毁琴的故事开启了陈子昂（字伯玉）的成名之路，但陈子昂并不是一个只会作秀的公子哥儿。武则天万岁通天元年（696年），武则天派侄子武攸宜（建安郡王）率军征讨南侵的契丹人，陈子昂受命随军

参谋。武攸宜无勇无谋，为人轻率，仗着武则天这个大靠山混日子。精通兵法的陈子昂屡献奇计，都被武攸宜轻描淡写地挡了回去。

第二年，武攸宜兵败，情势危急，陈子昂主动请缨，要求带领万人作为前驱打击敌人，结果再次遭到武攸宜拒绝。

陈子昂对战事忧心如焚，眼见着主帅无所作为，他忍不住剀切陈词，他的直言进谏再度触怒了武攸宜。武攸宜于是干脆贬了陈子昂的官，让他没办法再在自己眼皮子底下晃来晃去，眼不见心不烦。

就是在这种报国无门的愤懑情绪之下，陈子昂登上了幽州台（遗址在今北京市），即战国时期燕昭王建造的黄金台。燕昭王曾置黄金于台上，以此礼聘天下贤才，果然召集了乐毅等一批豪杰之士，后来乐毅率军伐齐，几乎消灭了整个齐国，一度相对弱小的燕国也强盛起来。燕昭王的求贤若渴、礼贤下士亦成为后代才士渴慕的贤君风度。

此时此刻，陈子昂登上幽州台，回溯历史，古时候像燕昭王那样慧眼识才的贤君已经越来越遥远；抬头往前看，能够认识千里马的伯乐又在哪里呢？茫茫宇宙，即便自己胸中有万卷治国平天下的谋略，又有谁是我的同道呢？他曾屡次直言劝谏，对朝廷的一些弊政提出批评并献计献策，可不但没有被采纳反而一度因"逆党"的罪名被株连入狱，满腹的才华与抱负不能实现，只能屈居下僚；他想驰骋战场，为守卫边疆而贡献自己的智慧与力量，却无奈被平庸的主帅所压制，一任年华飞逝而无能为力……

在苍茫的宇宙天地间，陈子昂忍不住慨然长叹，可是回答他的只有一片寂静：连老天也回答不了陈子昂的问题。他的热泪和着慷慨苍凉的悲歌声潸然而下：

前不见古人，后不见来者。念天地之悠悠，独怆然而涕下！

《登幽州台歌》通过登楼眺望、俯仰古今抒写出空间的辽阔与时间的绵长，营造出深沉悠远的历史感与苍茫悲壮的现场感，诗人置身于茫茫天地与悠悠历史之中，更衬托出其生不逢时、报国无门的深切孤独与悲伤，诗歌风骨铿然，一唱三叹，尤为慷慨动人。

"前不见古人，后不见来者。"也许，只有真正鹤立鸡群的能人志士才会发出如此悲凉的感慨，那是一种"高处不胜寒"的寂寞孤独，是一种"举世皆浊我独清"的浩然正气，是一种万丈雄心眼看着要化为泡影的无奈伤怀。这首慷慨悲怆的诗歌，仿佛是一声划破寂静夜空的礼炮，让流行于初唐诗坛浮华艳丽的诗歌风气为之一振，也预示着诗歌盛唐的黄金时期即将来临。

前不见古人，
后不见来者。
念天地之悠悠，
独怆然而涕下！

（陈子昂《登幽州台歌》）

欲为圣明除弊事——韩愈《左迁至蓝关示侄孙湘》

唐元和十四年（819年）正月十四，唐宪宗派遣中使（宦官）率领禁兵及宫人手持香花，与一大批僧人一起到临皋驿迎接从凤翔府法门寺送来的释迦牟尼佛指骨。佛骨进入长安后，唐宪宗又命人开光迎入宫廷，在宫内存放了三十天，然后再以盛大的礼仪送往京城各个佛寺供养，还下诏要求官民敬香礼拜，一时间佛教徒风光无比，和尚、官员、百姓都忙得不亦乐乎。

唐宪宗是一位锐意革新、颇有作为的君主，他曾开创了元和中兴的局面，但随着年岁渐长，他越来越对死亡充满恐慌，也越来越崇信佛教，又听人说法门寺珍藏的释迦牟尼佛骨非常灵验，据说是三十年开一次光，每开光一次则风调雨顺、国泰民安。唐宪宗于是下诏奉迎佛骨。元和十四年迎佛骨入长安成了宪宗朝最为隆重的一次崇佛礼佛活动。

所谓上有所好，下必甚焉，长安城上至王公贵族、下至平民百姓，为了表示对佛的礼敬，不惜废业破产也要向佛施舍，更有甚者，还采取自残行为，"烧顶灼臂"，来表达对佛的虔诚。狂热的迷信让人丧失了理智，迎佛骨演变成了一场迷信狂潮，佛教原本的哲学意义和世界观意义反而被忽视。宪宗本人更是希冀通过礼佛来求得长生不老，朝廷大臣们对皇帝的心意揣摩得很透，故而都不敢出面谏止。

这时候，只有一个吃了豹子胆的大臣呈上了一篇洋洋洒洒的奏章《论佛骨表》，大胆劝阻皇帝的大规模礼佛活动。

这个人，就是五十二岁的刑部侍郎韩愈。

韩愈一生崇儒反佛，当京城上下沉浸在一片崇佛狂热之中、僧徒猖狂不可一世的时候，他觉得实在不能再沉默下去了。在这篇奏章中，他以排山倒海的气势、清晰理性的逻辑阐明了片面崇佛的弊端，甚至把宪宗视为无比神圣的佛骨说成是游戏的玩物。言外之意，礼佛就是玩物丧志了。简直是胆大包天！韩愈是个不信邪的人，他在文中发誓说：如果毁掉佛骨之后，佛祖真会显灵，那么就请佛祖将所有的灾祸全部加在自己一人身上，绝不牵连旁人。这就不仅是挑战了至高无上的皇帝意志，更是向法力无边的佛祖下战书了。

果不其然，唐宪宗看完这篇奏章，龙颜大怒，决定将韩愈处以死刑。当他把这个决定告诉宰相之时，宰相裴度、崔群婉转地劝说皇帝："韩愈忤逆圣旨，确实罪不容赦。可他倒也是出于一片忠心，如果不是他敢于承担上书的一切罪责，像他那么聪明的人，怎么可能不知道这样做的后果呢？还请陛下三思，收回成命，放韩愈一条生路，也借此向臣民百姓显示您的宽容大度。"

宪宗仍然怒气未消，他恨恨地说："韩愈如果只说朕奉佛太过，朕还能容忍。可他居然说从东汉以来，凡是信佛的皇帝都短命，这不是公然诅咒朕吗？韩愈作为人臣，却以下犯上，狂妄至此，罪大恶极，决不可赦！朕已经决定了，要对韩愈处以极刑！"

极刑就是杀头了。裴度、崔群一听吓坏了，韩愈是一代文宗，声誉极隆，且他说的都是真心话、实在话，若处死了他，恐怕激起民愤，也有损于皇帝的英明形象。在两位宰相的极力劝解下，唐宪宗才终于极不情愿地收回了杀头的旨意，改贬韩愈为八千里以外的潮州（今广东潮安）

刺史。诏令一下，责成韩愈即刻启程，他甚至来不及安顿家小，就仓促辞别长安。当韩愈孑然一身走到离京城不远的蓝田时，只有得知消息的侄孙韩湘匆匆赶来相送，并且陪着他一直到达潮州。感慨万千的韩愈写下了这首著名的七律《左迁至蓝关示侄孙湘》：

一封朝奏九重天，夕贬潮阳路八千。欲为圣明除弊事，肯将衰朽惜残年！云横秦岭家何在？雪拥蓝关马不前。知汝远来应有意，好收吾骨瘴江边。

诗的首联是写实：他早上才向皇帝上了一封奏章，傍晚就遭到了贬谪潮州的惩罚。颔联则是自表心迹：虽然惩罚如此严厉，但韩愈自信他的动机是为了帮助圣明天子消除有害的弊端，因此他才不吝惜自己衰朽残败的身体，冒着触犯龙颜的风险直言进谏，他无怨无悔，更不愿低头认罪。颈联则是眼前的实景与内心情绪的交织：秦岭指终南山，山上云横，遮断了他望向家的视线。这个"家"，既是指暂时还留在长安的家人，

更暗指他一心报效的皇帝与国家。此刻，大雪封路，阻挡了马匹行进的步伐，徘徊不前的马儿是否也理解主人此刻内心的悲愤和不舍呢?

尾联最为沉痛，潮州在千山万水之外，自己老朽残年，不知此去还能否生还，他告诫远道而来的侄孙也要做好思想准备，等着在瘴江边收拾他的尸骨了。诗人看似向侄孙从容交代后事，实则流露出遭受重创之后的剧痛与激愤。

当韩愈在冰天雪地的日子蹒跚上路之后，他还不知道，留在长安的家人不久也遭遇了灾难：本来按唐朝法律规定，韩愈虽然被贬，但潮州刺史仍是朝廷命官，和判处流放的罪犯性质不同，家人是不必随行的。可皇帝处于盛怒之下，平素与韩愈有过节儿的官员居然趁机落井下石，将他的家人全部赶出长安。一家老小失去了一家之主的庇护，严寒之下，扶老携幼踏上漫长的旅途，真是呼天天不应，叫地地不灵。他最小的女儿病死在商山南层峰驿（今陕西商南县境内），年仅十二岁，而此时韩愈才刚刚走到宜城（今属湖北）……

一封朝奏九重天，
夕贬潮阳路八千。
欲为圣明除弊事，
肯将衰朽惜残年!
云横秦岭家何在?
雪拥蓝关马不前。
知汝远来应有意，
好收吾骨瘴[1]江边。

（韩愈《左迁至蓝关示侄孙湘》）

注释：

1. 瘴：岭南的瘴气。"瘴江边"指（韩愈）所贬谪之地——潮州。

老夫聊发少年狂——苏轼《江城子·密州出猎》

北宋熙宁七年（1074年）十二月，苏轼从杭州通判任上调任密州（今山东诸城）知州，算是密州的父母官了，这也是苏轼自入仕以来第一次担任地方行政的"一把手"。相比于繁华富庶、风景秀美的杭州，密州要荒凉得多，条件自然也要艰苦得多。苏轼刚到密州，可能是因为水土不服，再加上忙于熟悉和处理地方政务，大病了一场，连这年除夕都是在病床上度过的。然而形势的严峻不容苏轼安心躺在床上养病，因为一到密州，他就碰上了这里蝗灾泛滥，再加上盗贼横行，这种混乱的形势对苏轼的行政能力无疑是极为艰巨的考验。他一方面积极组织救灾抗灾，亲自率人缉拿盗贼；一方面上书朝廷汇报情况，不免忙得焦头烂额。三十九岁的苏轼，一下子觉得自己似乎衰老了许多。

然而苏轼从来不是一个软弱的人，繁忙的工作也不容他缠绵病榻。来到密州的第二年，也就是宋神宗熙宁八年（1075年）春天，苏轼又碰上了这里的旱灾。苏轼深入民间了解老百姓的生活疾苦，有经验丰富的老农告诉他：旱灾往往是和蝗灾泛滥的程度密切相关的，要想斩草除根，除了火烧、土埋、消灭蝗虫虫卵等方法之外，还必须尽快缓解旱情。因此苏轼一边着手改善水利设施，一边亲自到常山去求雨。说来也巧，也许是他的这一番为民除害的诚意感动了上天，求雨回来的半路上，就刮起了大风，当晚就痛痛快快下了一场大雨。这场大雨一下，不仅旱情大为缓解，蝗灾的隐患也得以消除，老百姓额手称庆，苏轼自己也喜不自禁地写下了喜雨的诗篇。

来到密州以后，除了缓解迫在眉睫的蝗灾和旱灾，苏轼还雷厉风行地为百姓做了许多排忧解难的好事。例如，密州地方穷，再加上此前连年天灾，很多老百姓饥寒交迫，根本没有办法养活一家人，在万般无奈的情况下，很多人不得不将刚出生的婴儿抛弃。苏轼看在眼里痛在心上：如果不是实在生计艰难，为人父母者怎么忍心将自己的亲生孩子活活抛弃！苏轼下令仔细盘查官仓中储藏的余粮，将剩余的几百石粮食专门找了个仓库存放起来。老百姓中凡是有愿意收养弃婴的，每收养一个，由官府每月发放六斗粮食作为补贴。渐渐地，弃婴越来越少，而那些收养弃婴的家庭也慢慢培养出了亲情，养父母对收养的孩子视若己出，弃婴也能感受到来自父母的温暖和抚爱，彼此都舍不得分开了。以这样的方式存活下来的弃婴竟然达到了好几千人。密州的老百姓无不感念知州大人苏轼的智慧和仁爱。

熙宁八年（1075 年）秋天，苏轼再次赴常山为民祈祷。因为政事已经渐渐理顺，苏轼的情绪高涨了许多。回程路上，他兴致勃勃地向随从僚属建议："时间还早，天气又这么好，秋高气爽的，咱们不如来一场秋猎如何，也好活动活动筋骨？"

在大家眼里，苏轼就是一个大名鼎鼎的文学家和勤于政事的地方官员，平时性情温文尔雅，乐观豁达，倒确实很少看到他威武雄壮的一面。一听知州大人的提议，同事们无不欢欣鼓舞。于是乎，只听到山林中骏马奔腾，当离弦之箭呼啸而过的时候，人们都不由得屏息而待，不一会儿，树林里就传来了开心的声音："又射中了！"

平时苏轼要不就是在办公室埋头处理公务，要不就是吟诗作赋、挥毫泼墨，要不就是穿上便服到田间陌上去视察民情，难得这回打猎他竟然尽情展示出了雄姿英发的另一面。一场打猎下来，收获颇多，随从们就更不用说了，兴奋得又是喝彩又是欢呼，苏轼捋着胡须，自然也是乐呵呵的，毫不掩饰内心的豪情和欢乐。

这场打猎大伙儿可谓尽兴而归。苏轼抑制不住兴奋之情，回家之后挥毫写下了千古名篇《江城子·密州出猎》：

老夫聊发少年狂，左牵黄，右擎苍，锦帽貂裘，千骑卷平冈。为报倾城随太守，亲射虎，看孙郎。　　酒酣胸胆尚开张。鬓微霜，又何妨！持节云中，何日遣冯唐？会挽雕弓如满月，西北望，射天狼。

这首词再现了密州知州苏轼率众打猎的壮观场面，四十岁的苏轼自称"老夫"虽然显得太早了一点，但起首一句"老夫聊发少年狂"就已经豪气逼人，苏轼那种特有的豪迈之气扑面而来：你看他左手牵着黄色的猎狗，右臂架着凶猛的苍鹰，头戴锦帽，身穿貂皮大衣，率领着千余人马在山林中左奔右突，追逐着猎物。这次出城去常山祈祷和打猎，除了密州知州苏轼之外，官员们几乎是倾城出动，队伍之壮观，声势之浩大，确实令人豪情倍增。"亲射虎，看孙郎。"即便是平时文质彬彬的苏轼，在猛兽面前也丝毫没有怯懦和退缩，而是挽起大弓，镇定从容地一箭射中目标。

当然，"亲射虎，看孙郎"也用到了一个著名的历史故事：孙郎便是指三国时候东吴的孙权。据说孙权在一年秋天出行的时候，途中遇到老虎。凶猛的老虎咬伤了孙权的坐骑，这突如其来的危险没有让孙权丧失理智和勇气，他反应极其敏捷而果敢，立即把手中的双戟猛力投出，一投便击中老虎，随后在侍从的协助下捕获了这只垂死挣扎的老虎。

这次密州出猎，苏轼是不是也像孙权一样亲自射杀老虎，我们已经没有办法去考证了。但是这个结果并不重要，重要的是苏轼是以孙权的勇敢自比，充分展现了他打猎时勇猛的风采。

打猎凯旋，自然是要畅饮庆贺一番了。几杯烈酒下去，苏轼的豪情壮志更是被尽情激发出来：两鬓有些发白又有什么关系呢？我有的是力量，有的是智慧，有的是报国的热血和激情，只要给我机会，我也会立下报效国家的大功大业。"持节云中，何日遣冯唐"这两句又用到了一个历史典故：关于汉代冯唐和魏尚的故事。

《史记·冯唐列传》记载，魏尚在担任云中（今内蒙古和山西北部交界处）太守的时候，在一次与匈奴战后统计具体杀敌人数时，多报了六个人。在古代，军功大小和杀敌的人数是紧密关联的，杀敌越多，战功越大。可是就因为这多报的六个人，魏尚不仅没有获得应有的战功，更被政敌利用，以此为罪名攻击他，魏尚被罢官。朝中另外一个大臣冯唐很为魏尚鸣不平，于是冯唐专门去求见了汉文帝，为魏尚求情说："魏尚为官尽心尽职，他爱惜士卒，军费不够用，就自己掏腰包，几乎是平均每五天杀一头牛，犒劳将士们，所以魏尚的麾下一直士气高昂，连匈奴听说魏尚治军严谨，都不敢轻易来侵犯，反而是躲得远远的。这次魏尚率领部下杀了那么多匈奴兵，功勋卓著，如果只是因为多报了几个杀敌的数量就遭受严惩，恐怕以后大家都不敢上阵英勇杀敌了啊。如果您论功行赏太轻，而惩罚又太重，会不会伤了前线将士的心呢？"冯唐这一番话合情合理，汉文帝也不免为之动容，于是当即命冯唐为使者，拿着皇帝的符节，赦免了魏尚，让他官复原职。

在这首《江城子·密州出猎》中，苏轼其实是把自己比作了受人谗害的魏尚。北宋熙宁年间，宋神宗和宰相王安石推行变法，苏轼是不赞同新法的人，因为政见不同，为避免矛盾激化，苏轼自请到外地做官。他认为，与其在朝廷中深陷于无休止的党争中，还不如在地方官任上，为老百姓多做一些具体的实事、好事。尽管苏轼是自请外任，但心中还是难免有一些失意的情绪，他多么希望朝廷能够理解自己对国家的这一

颗赤胆忠心，多么希望有一个像冯唐那样仗义执言的忠臣来为自己剖白心迹。如果朝廷给他这样的机会，他一定会像一个真正的壮士那样，将弓箭拉得像满月一般圆，而且充满力量，打退西北方向胆敢进犯的敌人。

"天狼"本是星宿的名字，因为它的形状和方位而被视为贪婪、残酷和侵略的代名词。熙宁年间，北宋最令人头疼的敌人就是屡屡侵犯边境的辽国，因此，"西北望，射天狼"实际上象征的就是苏轼迫切希望能够驰骋疆场，击退辽国入侵的敌军，为国家建功立业。

看来，让苏轼"老夫聊发少年狂"的不仅仅是一次普通的打猎，更是他报国热血的激情涌动。他不仅把这首词誊写下来寄给好朋友分享，还经常让密州壮士"抵掌顿足"，放声高歌，并命人击鼓吹笛来进行伴奏，听来真是令人热血沸腾。

老夫聊发少年狂，

左牵黄，右擎苍，

锦帽貂裘，千骑卷平冈。

为报倾城随太守，

亲射虎，看孙郎。

酒酣胸胆尚开张。

鬓微霜，又何妨！

持节云中，何日遣冯唐？

会挽雕弓如满月，

西北望，射天狼。

（苏轼《江城子·密州出猎》）

生当作人杰——李清照《夏日绝句》

公元 1125 年，也就是宋徽宗宣和七年冬天，这是大宋王朝命运转折的关键时期。十月，金主完颜晟下诏南侵。金人派两路大军直取中原，尤其是东路军，一路所向披靡，根本就没遇到过什么像样的抵抗。短短一两个月的时间，还在莺歌燕舞、醉生梦死的宋徽宗，就接到了雪片似的警报：太原丢了，北京丢了，都城开封危在旦夕……

面对强敌，宋徽宗束手无策，只能包袱一甩，禅位给了儿子赵桓，也就是历史上的宋钦宗。1126 年，是宋钦宗改年号的第一年——靖康元年。就在这一年，宋朝的历史被彻底改写。

宋徽宗不当皇帝了，心安理得地带着他最宠幸的两大奸臣：蔡京和童贯一溜烟往南方逃了。据说太上皇宋徽宗过浮桥的时候，以前的御前卫士们还追着皇帝，攀住浮桥，悲痛地大哭。皇帝出逃，那可是亡国的前兆啊！连卫士都知道痛哭，当皇帝的心里，难道就不觉得羞愧？最可恨的是，那个大奸贼童贯看着不肯松手的卫士，急得要命，生怕耽误了时间，来不及逃跑了，竟然命令随行的士兵用弓箭射退那些痛哭的卫士们，赶紧向亳州进发……

在生死存亡之际，朝廷里的大臣也分成了两派，吵作一团。一派坚决主张向金兵求和，皇帝赶紧带着亲信逃跑；另一派以李纲为首，坚决主张抵抗到底。宋钦宗自己本来是很想逃跑，再派人与金兵求和的，可惜金兵很快便将开封围得铁桶似的，根本不给他逃跑的机会。他只好硬着头皮同意了李纲的主张，一边派李纲领兵坚守开封，一边号令四方军队赶快前来支援。

然而，在李纲率领开封军民坚决保卫都城的时候，宋钦宗却听信奸臣的话，时不时动了逃跑的念头。一会儿说："啊呀呀，我的皇后已经先逃跑了，我要追她去。"一会儿又说："啊呀呀，金兵已经答应我们的求和了，你看，只要给他们几百万两黄金，我叫他们的皇帝一声'伯父'，给他们几个亲王、大臣当人质，我们就可以太平无事了。"……可怜李纲这样一个铁血男儿，偏偏碰到了这样一个扶不起的阿斗！

要知道，金兵已经包围了开封，为啥还愿意答应宋朝的求和？那是害怕啊。因为在李纲的领导下，开封城严防死守，从四面八方陆续赶来支援的宋军已经达到了二十多万人，要对付他深入腹地的六万金兵，那还不是瓮中捉鳖啊？金人也不是傻子，明明看到局势越来越不利于自己了，当然愿意跟宋朝议和。他们提出的条件是要求宋朝送给他们五百万两金子，五千万两银子；更无耻的是，他们还要求宋朝割让太原、中山、河间三镇。这样屈辱的议和条件，怕死的宋钦宗不顾李纲的坚决反对，居然全部答应下来了！

议和的条款是全部答应下来了，金兵却吃准了钦宗的软弱，并没有善罢甘休，反而继续对开封发起了进攻。可是因为有李纲的坚持，开封城久攻不下，金兵只好得了便宜卖个乖，暂时撤退。撤退后的金兵对李纲还心有余悸，每次宋朝派大使去金国首都"请安"的时候，金国朝廷一定会问：你们的李纲身体还好吗？

金兵一撤退，北宋朝廷又好了伤疤忘了痛，以为从此天下太平了，又可以长治久安了。于是逃到南方去的宋徽宗也回到开封，跟钦宗一起举杯庆祝，又开始歌舞升平。有大臣提醒宋钦宗：金兵这次得了这么多好处，一定更加不把我们放在眼里，过不了多久肯定会卷土重来的。可是沉浸在"胜利"中的钦宗哪里听得进去，不仅不加强守备，反而命令四方的援军全部撤回原地，还罢免了开封保卫战的头号功臣李纲。

撤退半年之后，也就是在靖康元年的八月份，金兵真的卷土重来，十一月份再一次包围了开封。这回开封城里再也没有李纲那样的铁血男儿，为了大宋疆土、为了大宋尊严浴血奋战了。一国之君宋钦宗，彻底慌了手脚，逃也不能逃，战也不会战，只能像个无知小儿，在宫里嚎啕大哭。

开封城沦陷了。亲自到金兵军营投降的宋钦宗，连同父亲宋徽宗，一起被废为庶人。昔日不可一世的大宋皇帝，成了手无寸铁的俘虏。第二年，金兵撤离开封，将两位前任皇帝以及大批皇亲国戚、年轻貌美的后宫妃嫔全部抓走，国库里的金银财宝、文物图书也被洗劫一空。这就是历史上著名的靖康之难。

徽宗和钦宗被俘虏到金国去以后，徽宗的第九个儿子、钦宗的弟弟康王赵构于 1127 年 5 月，在应天府（商丘）当上了皇帝，改元建炎，这就是南宋历史上的第一个皇帝，宋高宗。

高宗即位的时候，刚开始还起用了著名的抗金将领李纲。可惜得很，宋高宗并不比他的父亲和哥哥更有骨气，没多久，他就赶走了李纲，听从主和派的话，一路往南逃，一边逃一边还写信向金兵求情，哭诉自己多么可怜，多么狼狈，苦苦哀求金兵放自己一马：求求你们吧，别再追我了；饶了我吧，我没地方可逃了啊！金兵哪里睬他这一套，一路穷追猛打，果然把他逼得无路可逃，只好跳到船上，从海路逃到了浙江温州。金兵因为战线拉得太长，在建炎四年（1130 年）撤兵回到北方。宋高宗这才凄凄惶惶地溜回临安（杭州）。

就在高宗即位当皇帝，改元建炎的这一年，宋代著名女词人李清照

和丈夫赵明诚也不得不被裹挟着卷入了逃难的大潮。这年八月，他们正在逃难的路上，忽然接到朝廷旨意：赵明诚被南宋朝廷起用，知江宁府，不得不立即轻装奔赴上任。

第二年春天，李清照也到达江宁，与丈夫会合。经历了颠沛流离的逃亡，李清照不再是那个一味沉浸在闺房哀乐中的小女人，她见识了风起云涌的战争，感受着国家灭亡带来的人民苦难，咀嚼着逃难生活的辛酸悲苦。她的心里，装着的不再只是个人的喜怒哀乐，而是国家的命运起伏。

建炎三年（1129 年），也就是南渡第三年的二月，赵明诚当时正在江宁担任知府。一天深夜，城内发生兵变。兵变前夕，赵明诚的同事，江东转运副使李谟事先得知了消息，赶紧将兵变的事秘密告诉了赵明诚。赵明诚居然对这天大的消息无动于衷。李谟没办法，只好自己派军士和民兵埋伏在城里。半夜兵变的时候，埋伏的军士们有备而来，打退了进攻的叛军。等到天亮以后，李谟来找赵明诚汇报情况，竟吃了个闭门羹，这才发现赵明诚在半夜的时候，从城墙上拴了根绳子，带了两位手下一起，悄悄地逃跑了！

事后，赵明诚被罢官，两位手下各降两级。

赵明诚被罢官之后，夫妻俩离开江宁，再一次过起了逃亡生活。就在这年四月，宋高宗也逃到了江宁，江宁府改称建康府。逃亡途中，在路过乌江时，李清照写下了这首名垂千古的《夏日绝句》：

生当作人杰，死亦为鬼雄。至今思项羽，不肯过江东。

这首诗一开篇便铿锵有力："生当作人杰，死亦为鬼雄。"这是用到了屈原《九歌·国殇》一诗中的典故："身既死兮神以灵，子魂魄兮为鬼雄。"诗句的原意是英勇的战士就应该视死如归，即使战死沙场，英雄的魂魄还会显灵，震慑敌人，英雄的鬼魂一定也是鬼魂中的雄杰！

"至今思项羽，不肯过江东"是用到了另外一位英雄人物——项羽的典故。

原来安徽的乌江就是当年楚汉相争时，楚霸王项羽自杀的地方。据说项羽被刘邦逼到乌江时，乌江亭长准备了一艘船，对项羽说："江东地方虽然不大，但是也可以聚集几十万人，足可以让您继续称王。"他劝项羽先逃了命再说，等以后有机会东山再起，卷土重来。可是项羽仰天长笑，说："是天意要我灭亡，我又何必渡江逃跑呢？想我项羽当年率领江东子弟渡江往西，驰骋多年，创下多少丰功伟绩。如今这些子弟没有一人生还，我还有什么面目逃回江东去，面对我的父老乡亲啊！"

李清照写下这样慷慨豪迈的诗句，明摆着，是说好男儿活着要顶天立地，死也要死得光明磊落，岂能做一个苟且偷生的鼠辈！她是多么怀念那个宁可杀身成仁、也不肯临危逃跑的英雄项羽啊！

北宋灭亡，南宋小朝廷偏安一隅，宋高宗赵构先还装模作样，组织了几次北伐，一副要"中兴"大宋王朝的样子，可是他骨子里根本就只想守着残余的半壁江山，苟且偷安。因此那些胸怀亡国大恨，立志要抗金到底的爱国将士，像李纲、韩世忠、岳飞等，有的被罢官，有的被解除兵权，岳飞甚至被陷害至死。还有一批爱国志士压根儿连上前线的机会都没有。可是一介女子李清照却敢于挺身而出，大胆指责朝廷的软弱无能、苟且偷安。在国难当头的时候，李清照表现出了英勇无畏的大丈夫气概，表现出了渴望恢复中原、重返故土的胸襟和抱负，这样的勇气，这样的胆识，是何等令人钦佩！

生当作人杰，死亦为鬼雄。
至今思项羽，不肯过江东。

（李清照《夏日绝句》）

苟利国家生死以——
林则徐《赴戍登程口占示家人》其一

1839年，年过半百的林则徐以钦差大臣的身份到广东禁烟，在全面了解、充分调查的基础上，逼迫外国商人交出鸦片，并将缴获的鸦片集中在广东虎门一起销毁。这就是历史上著名的"虎门销烟"事件。这个事件大长了中国人民的志气，当时的道光皇帝也为之一振，欣喜若狂地称赞道："林则徐真是做了一件大快人心的大好事啊！"

然而，虎门销烟同时也引发了英国政府的强烈不满，英国军队大举进攻广州，可是在林则徐指挥的严密防守下，英军没有得逞，只能沿海北上，抵达天津大沽口，扬言要进犯北京。道光皇帝吓坏了，朝廷内的投降派也趁机诬陷林则徐，说只要处罚了林则徐，英国人就会退兵。道光皇帝困于内忧外患，一怒之下，革除了林则徐的职务，不久又从重处罚，将林则徐发配新疆伊犁。1841年7月，林则徐的夫人和门生在古城西安为他设宴饯行。席终人散，幽暗的灯光下，林则徐面对黯然神伤的妻子，安慰妻子说：

"伊犁虽然偏远，生活也艰苦，但你不要太伤心，胸怀开阔些，其实到哪里都有活路的。"

“我只是担忧你的身体，快六十的人了，还要受这种磨难。更让我心里不平的是你本来就没有什么过错啊！”妻子说。

“唉，也不说错不错的话了。也许一个人的成功正需要这些所谓的'过错'来过渡的。可能真是没有随随便便的成功的。”

“那些奸臣不顾国家，只想着排斥异己，这样内讧下去，我们大清朝早晚会被玩完的！”妻子愤愤不平地说。

“是啊，我最放不下的也是这个。其实你看我在虎门销烟，那些英国人虽然嚷嚷着，叫嚣着，其实也不过是纸老虎而已，有什么可害怕的呢？他们劳师远征，只要我大清整装以待，难道就真的给他们占了便宜去？不过话说回来，夫人你也别太为我担心，说不定我暂时也可趁着贬谪的机会，把祖国大好河山饱览一遍。平时我成天忙忙碌碌，国家又不太平，若不是被贬谪，我还没有这样的清闲和雅兴呢。'葡萄美酒夜光杯'，新疆，也有它美丽动人的地方，也许不像你我想象的那么艰苦。”

“但那些小人都说你此去路途那么远，很可能回不来了啊，我最担心的就是他们半途对你不利啊！”

“哈哈哈哈，你放心吧！我身体好着呢，谅他们也不敢对我狠下毒手。别信那些小人的恶毒话，我一定会平安回来的，我会继续让那些小人坐立不安的。”

妻子轻皱着眉头，她也知道离别在即，太多悲悲切切的话其实没有任何用处，不如宽宽丈夫的心，也给自己打打气吧。“我相信夫君一定能逢凶化吉的。对了，夫君素来好诗，何不送首诗给为妻？也好时时念念，心里怀想啊。”

林则徐听了妻子的这一番话，沉吟一会儿，口占了两首诗，其中一首为：

力微任重久神疲，再竭衰庸定不支。苟利国家生死以，岂因祸福避趋之。谪居正是君恩厚，养拙刚于戍卒宜。戏与山妻谈故事，试吟断送老头皮。

妻子听完林则徐的吟诵，情不自禁地说："好诗好诗，好一个'苟利国家生死以，岂因祸福避趋之'！"深知丈夫个性的妻子透过林则徐看似从容淡然的神色与对话，看到了他内心深藏的忧虑与愤怒：内忧外患接踵而来，国家在风吹雨打中摇摇欲坠；可是朝廷中庸人当道，奸臣误国，丈夫哪里会将个人命运的起伏放在心上呢，他时刻忧愤的是国家前途未卜啊！只要是有利于国家，丈夫连死都不怕，又岂会逃避一时的个人灾祸？

在这个痛心伤感的离别之际，林则徐还能写出如此豁达乐观的诗篇，

再一次印证了妻子对丈夫心性的了解，于是，妻子也不再絮叨那些消沉伤感的话。窗外夜色沉沉，室内却谈兴正浓。从过去说到现在，又说到将来，从个人说到家庭，也说到国家，话题就这样一个一个交叉着进行。林则徐抬头看了看妻子，缓缓说道：

"其实我一直觉得自己年纪大了，才能也平庸，担任这么重的国务也实在是辛苦疲倦。但我以前总想，只要是国家需要，我就会不惜自己生命去效劳，绝对不会贪生怕死，追求个人的功名利禄。"

"夫君的报国之心，妾当然知道啊。但现在朝廷被奸臣把持，皇帝也忠奸不分，难为夫君了！"

"塞翁失马焉知非福，你想想，我被贬官了，没什么事情要我操心了，从此也就脱离这个名利场了，这也算是皇帝对我的'照顾'吧！何况我笨拙的性格也适合到安静的地方藏一藏，所以当个戍卒挺好的呢。"

"你呀你呀，就是这样为别人着想。什么时候能为我想想呢？"

"那你听过杨朴的故事没有？"

"夫君请说来听听。"

"宋真宗当年遍寻天下隐士，有个叫杨朴的人，是个隐士，会写诗，也被召见了。皇帝就问他：'你这次来，有人送诗给你没有？'杨朴说：'我的老妻倒真的送了一首给我。'"

"杨朴的妻子也会写诗啊！佩服佩服，我就惭愧了啊！"

"他妻子的诗是这样写的，'更休落魄耽杯酒，且莫猖狂爱咏诗。今日捉将官里去，这回断送老头皮。'哈哈，有趣吧！"

妻子一笑。

"要不你也写首诗送给我？"林则徐故意逗妻子开心。

"你明知我不擅吟诗！"妻子嗔道，"不过你赋诗两首送给我，在分离的日子里，我会时时记住今天这个虽然感伤但依然美丽的日子的……"

林则徐与妻子相视一笑。一个在别人看来也许平平淡淡的夜晚，却诞生了两首著名的诗篇，这就是《赴戍登程口占示家人》二首，在看似调侃"戏"语的风格中，呈现出林则徐博大乐观的高尚情怀。

力微任重久神疲，
再竭衰庸定不支。
苟利国家生死以，
岂因祸福避趋之。
谪居正是君恩厚，
养拙刚于戍卒宜。
戏与山妻谈故事，
试吟断送老头皮。

（林则徐《赴戍登程口占示家人》其一）

九州生气恃风雷——
龚自珍《己亥杂诗》第一百二十五首

　　道光十九年（1839 年）四、五月间，位于镇江东南鼎石山下的都天庙会如期举行。这一天正是迎神赛会，在阵阵鼓乐声中，众人将都天庙中的玉皇大帝、风神、雷神等神像从庙中抬出来，一路供人跪拜、献上祭品并祈神降福。在拥挤如潮的人群中，一位中年男子饶有兴味地看着这热闹的场面，脸上流露出惊叹的神情。这时正好一位须眉皆白的老道长走过来，中年男子急忙上前，好奇地向他询问起庙会的源流情况。道长见他相貌不凡，言谈间透露着读书人的雅气，便问道：

　　"听您说话，应是外乡人吧？如何到了我们镇江？"

　　中年男子赶忙欠了欠身子，说："在下龚自珍，刚刚从京城辞官归杭，路经宝地，被这壮观的迎神场面震惊了，真是盛况空前啊！"

　　"呀，原来是定庵先生（龚自珍号定庵）！久闻大名，您是当代文宗，风骨气节更是令人钦佩有加，没想到贫道能在此得睹真容，实乃三生有幸！"

老道长将龚自珍请入庙中,一边斟茶,一边叙起庙会的历史。想起一代名家就在眼前,老道长觉得机遇难得,于是说:"先生偶遇我们庙会,也是缘分,能否赐下一首青词,为此迎神会增添光彩?"

龚自珍当即允诺,稍一思索,挥笔便写下了这首诗:

九州生气恃风雷,万马齐喑究可哀。我劝天公重抖擞,不拘一格降人才。

老道长一看风神、雷神、天公都写到了,非常切合庙会青词的体例,喜不自胜,连赞"好诗,好诗"。

所谓"青词",其实是一种道教斋醮时献给天神的奏章祝文,因需用朱笔写在青藤纸上而得名。青词本应以祭祷天神为基本内容,龚自珍对道教并没有特别浓厚的兴趣,但他联想到当世沉闷没落的社会现实,如果大清朝廷也有如玉皇大帝、风神、雷神这样能降福人间的神灵该多好啊,所以就用"借鬼神,说苍生"的方法表达了变革现实、催生人才的希望,以挽救时弊,重现华夏辉煌。因此,这首诗与其说是一首应景的道教青词,毋宁说是龚自珍借题发挥,结合自己的亲身经历抒发出来的慷慨激情。

龚自珍不仅是一个诗人、思想者,更是清末改良主义的先驱,因为洞察了当时腐败的朝廷现状,动荡的国际风云,他极力主张大刀阔斧地改革,挽救岌岌可危的国家。他曾任内阁中书、礼部主事等职,可是就在不久前,他又因为屡屡上书揭露时弊,主张抵御外国侵略,激进的态度、激烈的言辞再一次触及了当权者的痛处,遭到当权者的忌恨和排挤,在巨大的压力之下,龚自珍不得不辞职南归回到杭州。

在这样激愤的情绪下,龚自珍借此诗表达了三层意思:第一层描写

九州生氣恃風雷，

萬馬齊喑究可哀。

我勸天公重抖擻，

不拘一格降人才。

了"万马齐喑"的悲哀甚至令人绝望的现实状况，腐朽的清王朝不思进取，导致整个社会死气沉沉，一天一天衰落下去；第二层表达了自己强烈的变革愿望，希望风神、雷神这些天神能以摧枯拉朽之势摧毁一切邪恶、保守的旧势力，给这老态龙钟的帝国带来崭新的生机；第三层表达了对于有能力改变现实的豪杰之士的期待之心。龚自珍借他人酒杯浇自己胸中之块垒，将抨击时弊、改革体制和对未来生气勃勃新局面的期盼结合起来，读来真有雷霆万钧之感。

当老道人兴冲冲接过龚自珍的墨宝，小心翼翼地捧着它在祭祀典礼上朗朗唱诵之时，也许他还并不能体会到这首诗对于变革时代思想的重大意义。然而当龚自珍告辞老道人，继续踏上南归的旅途，他比以往更清醒地意识到了肩上的重担：尽管此刻他已不是朝廷命官，但国家兴亡匹夫有责，"我劝天公重抖擞，不拘一格降人才"并不是他一时冲动的豪言壮语，而应该是他未来的使命。

果然，龚自珍辞官后在江苏丹阳云阳书院执掌教鞭，后来又继承他父亲的遗志，兼任杭州紫阳书院教职，投身于为国家培养人才的艰巨任务当中。不幸的是，他的理想还没来得及实现，1841年当他准备赶赴上海参加反抗外国侵略斗争的时候，突患急病去世。

诗人已矣，但他那顶天立地的精神仍然长存人们心中。龚自珍的时代，已经是清朝"将萎之华，枯于槁木"的衰世，他在黑暗的年代闪着明亮的眼睛，敏锐地感受时代的变化，但又焦灼于腐朽的统治制度，他的诗歌便在这种敏锐与焦灼之间，吐露着自己满腔的忧虑与激愤之情。他关心国家民族的命运，要求变革，积极推动时代进步，希望实现富强华夏的愿望，体现了知识分子的使命感和责任感。

一般人欣赏龚自珍的《己亥杂诗》，往往叹赏他的文字璀璨，吐属瑰丽，但实际上龚自珍真正让别人难以企及的是他的诗歌"声情沉烈，悱恻道上"，而且他有别人所难以具备的"奇材"与"奇情"。作为组诗中最著名的一首，这首诗后来被镌刻在鼎石山（亦称宝塔山）僧伽塔边的石碑上，龚自珍曾经的爱国情怀和磅礴气势也因此被凝固了下来，让后人时时怀想不已。

九州生气恃风雷，
万马齐喑[1]究可哀。
我劝天公重抖擞，
不拘一格降人才。
（龚自珍《己亥杂诗》第一百二十五首）

注释：
1.喑：意为缄默，不能说话。

战争篇

与子同袍——《诗经·秦风·无衣》

公元前 506 年，吴国联合唐国、蔡国等诸侯国一起攻打楚国，楚国军队连连失利，郢都被攻占，楚昭王仓皇逃往随国。楚国一向号称是长江流域的头号强国，此刻却濒临举国灭亡的危险。

在国家生死存亡之际，楚国大夫申包胥挺身而出，决定挽救自己的国家。他权衡了当时的形势：在各诸侯国中，最有实力、也最有可能发兵救楚的非秦国莫属。因为秦国不仅在地理位置上与楚国毗邻，可谓唇齿相依，而且两国还有姻亲关系：楚昭王的生母就是秦国公主。想到这里，申包胥立即动身前往秦国求取救兵。

事不宜迟，申包胥日夜兼程向秦国的都城赶去，这一路上他要翻越崇山峻岭，要闯过激流险滩，脚磨破了，身上的衣服早已褴褛不堪，他忍受着饥渴和剧烈的疼痛，却不敢停下脚步稍微歇息一下。就这样，他昼夜不停，终于赶到了秦廷，秦哀公接见了他。申包胥向秦哀公申诉说："吴国就像大野猪、大长蛇一样贪得无厌，屡屡冒犯中原国家，如果楚国被吴国占领了，那么吴国也一定会继续骚扰秦国，让秦国边境不得安宁，到那时可就是秦国的心腹大患了。请秦公念在与楚国一向交好的分儿上，趁着吴国军队还没有安定下来，赶紧出兵赶走吴国军队。楚国必将感念秦国的大恩大德，世世代代侍奉秦国君主。"

秦哀公本来不想去蹚这浑水，不想掺和吴国与楚国之间的恩恩怨怨，便派人婉言推辞了申包胥的请求，他对申包胥说："寡人知道你的意思了。请先生先去驿馆好好休息，我召集大臣们一起商量一下，有了结果再来知会先生。"

申包胥一听，秦哀公的口气这是不准备去救楚国啊！而且楚国危在旦夕，楚王流落在外风餐露宿、时刻有性命之忧，哪里还能让秦国君臣左商量、右讨论地拖延时间呢！他急了："我们楚国的君主现在还在山野之间流离失所，连个安身之处都没有，我一个做臣子的，怎么能够安心高枕而卧呢！"他一边说，一边痛上心头，忍不住倚在墙边放声大哭。就这样，申包胥一连七天水米不进，他的痛哭声日夜不绝，一直传到秦哀公那里。秦哀公被这份拳拳爱国之心深深打动，情不自禁高歌了一首秦国最为流行的军歌《无衣》：

岂曰无衣？与子同袍。王于兴师，修我戈矛。与子同仇！
岂曰无衣？与子同泽。王于兴师，修我矛戟。与子偕作！
岂曰无衣？与子同裳。王于兴师，修我甲兵。与子偕行！

当申包胥听到秦哀公激壮的歌声，禁不住再一次热泪盈眶，因为他听出了歌声里包含的决定：秦哀公决定出兵了，楚国有救了！

原来，这首《无衣》就相当于秦国军队的进行曲，节奏铿锵有力，情绪慷慨激昂，往往是在出征前和行军途中以战士们合唱的形式来鼓舞士气。当秦哀公高唱起秦国军歌《无衣》，不就意味着秦哀公已将楚国视为兄弟之邦，即将号召秦国将士出征救楚吗？这怎不让申包胥悲喜交加。他百感交集，当场向秦哀公连磕了九个头以表达感恩之情。

公元前 505 年，秦国以战车五百乘救楚，申包胥也身先士卒，并且终于大败吴军，楚昭王得以返回郢都，重振楚国。

楚昭王回到郢都后，大举封赏有功之臣，申包胥当然在楚王重奖之列。但是申包胥说："我是为了祖国的安危，并不是为了自己，现在国家已经安定下来了，我还有什么可贪求的呢？"他主动谢绝了楚王的赏赐。

楚国复国之后，在臣民的齐心协力之下，很快就从战争的创伤中恢复了元气，迅速地恢复了"战国七雄"中第一流强国的地位。楚国的复兴，离不开申包胥的拳拳爱国深情与报国的忠诚。当嘹亮的《无衣》军歌响彻秦楚大地，战友们铁骨铮铮的誓言成为了复兴邦国的美好现实。

这首《无衣》诗以反问的形式开篇："岂曰无衣？"难道你会没有战衣可穿吗？"与子同袍。"回答同样掷地有声：来吧，我要和你披上一样的战袍。国君就要发动军队出征打仗了，让我们一起将长矛、干戈修整得无比锋利，把兵器擦得锃亮。开赴前线，我要和你同仇敌忾！

《无衣》诗分三章，每一章都是由"岂曰无衣"的反问开头，"袍"、"泽"、"裳"分别指类似斗篷的长袍、贴身的内衣和下身所穿的战裙。用"同袍"、"同泽"、"同裳"来代表战友之间亲如兄弟的感情，不仅衣服可以共享，生命也应该相互扶持，这样的战友在刀光剑影的战场上，一定会互相支撑、生死相扶！"同袍"甚至从此延伸出"兄弟"、"战友"的涵义，后来还用"袍泽之情"代指生死与共、患难相随的战友兄弟之情。

"偕"是一起、一同的意思。"偕作"：一起行动起来吧！"偕行"：一起开赴前线吧！整首诗便是用这两个关键字来表示战友的生死之情，一个是"同"，一个是"偕"：穿一样的战袍，用一样的兵器，上一样的战场，为了保护同一个国家，为了战胜一致的敌人；若是凯旋，则共同庆祝胜利；若是战死沙场，则一起名垂青史。

"戈矛"、"矛戟"代指各种兵器，"甲"是盔甲的意思，"兵"则泛指兵器。虽然战场上血雨腥风，随时都有生命危险，可是有了"王于兴师"的爱国激情，有了"与子同袍"的战友深情，有了"与子同仇"的激昂士气，战争一定会胜利，入侵者一定会被赶走。

《诗经》三百零五篇，当年都是可以配合音乐来歌唱的歌词，我们不妨想象一下，当战鼓擂响，号角齐鸣，成千上万的秦国将士们集结在一起，"与子同袍"、"与子同仇"的军歌声冲破云霄，充满了必胜的信心与决心。《无衣》就是这样一首雄浑壮烈的战斗进行曲，洋溢着战士们齐心协力、奋勇杀敌的昂扬斗志。难怪它被视为中国"边塞诗之祖"，与盛唐边塞诗人慷慨从军、建功立业的豪情壮志遥相呼应，共同构成了中国人同仇敌忾、捍卫国家的精神血脉。

岂曰无衣？与子同袍。

王于兴师，修我戈矛。

与子同仇！

岂曰无衣？与子同泽。

王于兴师，修我矛戟。

与子偕作！

岂曰无衣？与子同裳。

王于兴师，修我甲兵。

与子偕行！

（《诗经·秦风·无衣》）

醉卧沙场君莫笑——王翰《凉州词》

大唐盛世，不仅仅是军事的强大、经济的发达，更是文化的繁荣，其中一个最重要的表现就是一流诗人如繁星璀璨，将唐代的诗坛映照得熠熠生辉。这些闪耀的明星中，有一个名字叫作王翰。

王翰是并州（今山西太原）人，和著名的边塞诗人王昌龄大约生活在同一个时代。不过和王昌龄出身贫寒不同，王翰则家境不错，为人豪放不羁，不仅诗写得慷慨壮丽，而且还精通音乐，与他交往的也多是英雄豪杰。他的一位好朋友、著名才子杜华的母亲曾经这样评价王翰："我听说过孟母三迁的故事，孟子的母亲为了给孟子创造一个好的学习环境，搬了三次家。我如今也想学习孟母，让儿子能够与王翰当邻居，好好学习王翰这样的榜样，我的心愿也就满足了。"看来，在当时，王翰就是典型的学霸，是父母口中"别人家的孩子"。甚至后来杜甫也在自己的诗中写到过王翰："李邕求识面，王翰愿卜邻。"可见在杜甫眼里，李邕、王翰都算得上是曾经的文坛领袖，杜甫在夸耀自己的才华的时候，就说"连李邕、王翰这样的'大明星'都想认识我，和我做邻居呢，可见我是一个多么厉害的人物"！

张嘉贞担任并州刺史的时候，也特别欣赏王翰的才华，经常邀请他到府第中畅谈国家大事和诗词歌赋。有时候，就在宴席间，王翰能够自己创作歌舞，并且即席表演给张嘉贞看，真是器宇轩昂，气度不凡。不过王翰从小志向就很高远，自认为有王侯将相的才华，并不仅仅满足于做一个学霸，更不会只满足于做一个风花雪月的诗人和音乐家，他希望能在更为广阔的天地里施展他的才华，做一番利国利民的大事。

唐睿宗景云元年（710年），王翰进士及第。进入官场的王翰并没有变成圆滑世故、明哲保身的平庸官僚，而是保留着直言不讳、豪放不羁的个性。王翰生活的年代，正是大唐王朝蒸蒸日上的大好年华，盛唐气象已经逐渐呈现，其中最重要的一个表现就是推崇尚武精神。

唐初的统治者既继承了汉民族的文化精华，又携带着北方少数民族剽悍勇猛的气质，反映到初、盛唐的诗坛上，就表现为诗歌普遍呈现出阳刚健美的风格，体现出诗人看轻生死、重视军功的慷慨气概。唐太宗李世民还命令画家阎立本在凌烟阁内画下了二十四位开国功臣的画像，经常前往祭奠，怀念他们在一起打天下的日子。统治者如此尊重功臣，时代风气也随之发生了变化，人们看重的不再是世袭的贵族门第，也不再是皓首穷经的腐儒文士，能够投笔从戎，在战场上纵横驰骋、建功立业，成为了大唐诗坛普遍的审美倾向。王翰就是生活在这个充满激情、充满阳光的时代。

唐玄宗开元九年（721年），突厥降将康待宾发动叛乱，唐玄宗派遣张说参与军机。张说率领一万人出合河关迎敌，大破康待宾，叛军溃退。因为在这次平叛中的突出表现，张说被唐玄宗拜为兵部尚书、同中书门下平章事，这就是唐朝的宰相了。张说不仅军功赫赫，政治才能卓越，而且还是当时的文坛领袖，他对王翰的才华极为看重，登上宰相之位后，他将王翰提拔为驾部员外郎。驾部隶属兵部，专门掌管皇帝御辇出行等事务，属于皇帝的近臣。有一次，张说和一位著名学者聊天，品评当时文坛的后起之秀，张说就评价道："王翰的文采，那可就像琼杯玉斝，真

是光辉灿烂夺目呀！"

流传到今天、最能代表王翰的才华和个性的诗歌，大约就是这首家喻户晓的《凉州词》了：

葡萄美酒夜光杯，欲饮琵琶马上催。醉卧沙场君莫笑，古来征战几人回。

中国自古以来，大多数的边塞诗基调都是比较低沉、比较凄苦的，重点都在强调侵略战争带来的背井离乡、妻离子散的痛苦，征夫思妇的两地相思，甚至战死沙场尸骨无存的悲凉。但大唐盛世时期的边塞诗却呈现出昂扬的格调，王翰这首《凉州词》就是其中的代表作之一。

在即将出征前线的时候，为了给将士们鼓舞士气以壮行色，大家欢饮的居然是用夜光杯盛满的葡萄美酒。夜光杯，相传是西周周穆王时期，西域少数民族用白玉精雕细琢而成的酒杯，据说这种杯子在月光下会闪闪发亮，极为珍贵；葡萄酒是西域盛产的一种酒；琵琶节奏铿锵有力，本来也是胡人创制的一种乐器。葡萄酒、夜光杯、琵琶，这三样东西都来自西域，因此"葡萄美酒夜光杯，欲饮琵琶马上催"两句诗一开始就营造出了浓郁的边塞氛围。可是它与众不同的是，这样的边疆、这样的军营却并不荒凉凄惨，反而显得那么壮丽。军营里灯火通明，将士们畅饮着葡萄美酒，夜光杯辉映着明明如水的夜色——今夜的酣醉过后，明天就要浴血沙场了。

在古代，琵琶也是军乐的一种，往往在行军的马上也能弹奏，用来鼓舞士气。当琵琶奏出金戈铁马的豪壮气势，越发衬托出将士们痛饮高歌的斗志。这里的琵琶声，可不是那些颓废柔缓的靡靡之音，而是激昂慷慨的军歌。

我们平时大概也见识过酒宴，大家在酒席上劝酒或者敬酒往往都是挑最吉利的话来说，例如"恭喜发财"、"健康长寿"、"学业进步"、

"一路平安"等等。可是在战争前夕的饯行宴会上，将士们的劝酒辞又是怎样的呢？"醉卧沙场君莫笑，古来征战几人回。"大家说的是："来来来，痛饮一杯。明天一上前线，能不能活着回来还不知道呢！"或者是："来，今晚干了这一杯。明天战场上弟兄们可要铆足了劲儿往前冲啊！"又或者是："来，大家一起干一杯。今天吃饱喝足，明天在战场上只许进不许退，不成功则成仁！"

原来，"醉卧沙场君莫笑，古来征战几人回"抒发的不是厌倦战争的悲苦凄凉，而是抒发了大唐将士们视死如归、看轻生死、建功立业、报效家国的豪情壮志。《凉州词》反映的也不仅仅是王翰个人的不羁个性，更是大唐盛世的慷慨之音。

葡萄美酒夜光杯，

欲饮琵琶马上催。

醉卧沙场君莫笑，

古来征战几人回。

（王翰《凉州词》）

秦时明月汉时关——王昌龄《出塞二首》其一

汉文帝十四年（公元前166年），北方匈奴派大军南侵，直逼萧关（在今宁夏固原东南）。在秦朝的时候，萧关与函谷关、大散关、武关并称秦国四大要塞，是秦国抵御北方戎狄的军事重地，其军事地位到汉代仍然显得十分重要。汉朝立即组织大军迎敌，在这次战役中，一位年轻人以良家子弟的身份随军出征，他在战场上纵横驰骋，箭法精准，杀敌无数，一战成名。在战后的论功行赏中，这位青年被任命为中郎。他就是秦朝大将李信的后人，汉初最有名的将军之一——李广。

有一回，匈奴再次大举入侵。朝廷派了一名宦官到李广军中。宦官自恃是天子心腹，不太听指挥，擅自带着几十名骑兵去打猎，不料碰到了三个匈奴人，慌乱之中，他所带的骑兵几乎全被匈奴人射死，宦官自己也身受重伤，在贴身亲兵的保护下死里逃生，狼狈逃回营中。李广听了汇报之后，很笃定地说："这一定是匈奴的射雕手。"于是他亲率一百多名骑兵去追赶那三个匈奴人，追了好几十里，终于赶上了他们，李广亲自射死了其中两人，活捉了另外一人，将其绑在马上。正准备收兵回营的时候，李广突然看到数千名匈奴骑兵迎面而来。匈奴骑兵见到李广这一百多人也很吃惊，吃不准他们到底是孤军深入，还是诱敌之兵，于是，匈奴将领立即下令摆开阵势，准备包围歼灭李广等人。李广的手下一看这阵势，吓坏了：一百多人对阵几千凶悍的匈奴骑兵，那还不是鸡蛋碰石头吗！于是大家七嘴八舌提建议说："我们还是赶紧逃走吧！""快跑，不然来不及了……"

李广沉吟了一会儿，从容不迫地对手下说："如果我们现在逃跑，匈奴人知道我们是害怕，而且后面没有援兵，他们肯定会一鼓作气追赶我们，那我们真的就死无葬身之地了。"因此，李广不但没有逃跑，反而下令："继续前进！"一百多名骑兵整整齐齐、故作镇定地面对匈奴大军走去，到离匈奴阵营只有两里地的地方才停下来。李广又命令说："全体下马！解下马鞍。"

身边的骑兵一听又有些慌了："我们就这么点人，离敌人又这么近，要是连马鞍都卸下来了，等会儿要是对方突然发起进攻，我们连逃跑都来不及啊！"

李广不慌不忙地说："别怕，敌人就等着我们逃跑呢。要是我们不逃，他们就真的会以为我们是诱敌之兵，目的是要引他们进入我们的埋伏，好让后援的大军一举消灭他们。所以他们肯定会胆怯，不敢主动出击的。"

大家对李广的话还有些将信将疑，但李广毕竟是将军，军令如山，何况他在军中一向很有威信，所以大伙儿还是服从了李广的命令。

看到李广的人马不但不逃，反而在距离那么近的地方卸鞍下马，躺在草地上优哉游哉地晒太阳，匈奴人不禁心生狐疑。一个匈奴将领鼓起勇气骑着一匹白马出来巡视了一下，想看个究竟，却被李广一箭射死，然后李广又回到自己的人马中来，也和大家一样，下马卸鞍，躺在地上和大家聊天。这一幕怪异的场景更让匈奴人心惊胆战，不知道李广葫芦里卖的什么药，终于不敢轻举妄动。

太阳下山后，匈奴人害怕遭到李广大军伏击，只好灰溜溜地先行撤兵了。第二天早晨，李广才带着一百多名手下回到大营中。

不愧是将门后代，李广智勇双全，一生经历了大大小小与匈奴的七十多场战争，他的名字让匈奴人闻风丧胆。李广驻守右北平的时候，匈奴一听是李广来了，吓得好几年不敢入侵右北平，背地里还称呼李广为汉朝的"飞将军"。飞将军李广从此在中国历史上留下了赫赫威名。一直到唐代，著名的边塞诗人王昌龄还借用李广的故事，表达了镇守边关、保家卫国的愿望：

杨雨讲诗词故事

秦时明月汉时关，万里长征人未还。但使龙城飞将在，不教胡马度阴山。

王昌龄出身贫贱，他从小就明白"读万卷书、行万里路"的道理，终于在唐玄宗开元十五年（727年）进士及第。在初唐、盛唐尚武精神和崇尚军功社会风气的影响下，王昌龄就像那个时代的很多诗人一样，

从青年时代开始就充满着走向边关建功立业的雄心壮志。他也确实曾经游历西北边疆，近距离感受着萧瑟却不失雄壮的边塞风光，体验着战争与和平的意义。

"秦时明月汉时关"，诗篇一开始就从眼前的边塞风光一直穿越到了苍茫久远的历史时空中：他脚下所在的边关仍然是汉朝时候的边关，他头上朗朗高悬的明月和秦朝时候的明月也没有丝毫不同。然而从秦朝开始修筑边关抵御外敌，千年以来，多少人跋山涉水，万里长征，开赴边疆，前仆后继，只为消灭敌人，平息边患，创造更多人和平安定的生活环境。诗人多么希望，即便是在富强的大唐王朝，也仍然有像汉代飞将军李广那样的将帅良才，为黎民百姓镇守边关，把妄想入侵的敌人阻挡在阴山（在今内蒙古中部）之外。"飞将"就是指李广，"龙城"即是指李广当年镇守的卢龙城，也就是汉代右北平郡（今河北省秦皇岛卢龙县）所在的地方。

中国人历来厌倦战争、爱好和平，但面对强敌入侵的时候，中国人也从来不胆怯不怕死，"万里长征人未还"虽然充满着战争的悲凉，然而，"但使龙城飞将在，不教胡马度阴山"却更体现出中国人面对强敌时保家卫国的英雄气概与非凡自信。

秦时明月汉时关，
万里长征人未还。
但使龙城飞将在，
不教胡马度阴山。

（王昌龄《出塞二首》其一）

国破山河在——杜甫《春望》

　　公元 755 年 12 月 16 日，也就是唐玄宗天宝十四载十一月初九，安史之乱爆发。安禄山举兵反叛的时候，唐玄宗已是古稀暮年，早已荒废政事的他，对叛乱毫无准备，只能携带最宠爱的贵妃杨玉环仓促逃出长安，又在马嵬坡因发生兵变不得不赐死杨贵妃以安定军心。曾经一手将大唐王朝送到"开元盛世"的巅峰时期的唐玄宗，曾经风流一世、睥睨群雄的一代帝王李隆基，面对突如其来的叛乱时，竟然显得那么无助、无力和无奈。堂堂一代雄主尚且如此仓皇，又何况是那些手无寸铁的老百姓呢！安史之乱不仅改变了唐玄宗的命运，改变了唐朝历史发展的轨迹，同时，还改变了一位伟大诗人的命运——他就是杜甫。

　　安史之乱爆发，杜甫不得不携带妻室儿女跟随着潮水般的难民开始了颠沛流离的逃难生活，这一路的艰险、辛苦自然无需多说，一直逃到鄜州（今陕西延安富县）城北的羌村，他才将妻小暂时安顿在那里。

　　天宝十五载八月，杜甫听说太子李亨在灵武（今属宁夏银川）即位，这就是历史上的唐肃宗，并遥尊唐玄宗为太上皇。他立即只身北上，希望能够投奔唐肃宗，效命国家。可是在半路上，他被叛军俘虏，押解到已沦陷的长安。好在当时的杜甫一无高官二无盛名，所以叛军对他的看管很松懈，也没有把他押送到安禄山当时所在的洛阳，或者逼迫他在安禄山的伪朝廷就任伪职。

被困在长安城的杜甫，亲眼目睹了长安城的残破荒凉，百姓的妻离子散，朝廷的混乱恐惧，这一切让他的内心感到无比尖锐的刺痛。

一次，杜甫偷偷来到了长安曲江池边。曲江曾经是长安最繁华最美丽的风景名胜，水榭亭台，奇花异卉，常有鲜衣怒马的王孙贵族在这里信马由缰，说不尽的繁华富贵。尤其是每年三月三日上巳节的时候，长安人几乎是倾城而出，来到这里踏青赏花。尤其是那些贵族女子，身穿华美艳丽的罗裳，佩戴着价值连城的珠宝首饰，一个个娇声笑语，就好像春天盛开的百花一样争奇斗艳，简直是长安城的一道胜景。

如今的曲江，虽然表面上看春光依然美好：柳树已经被新绿覆盖，百花也已盛开，曲江的春水依旧泛着微微的涟漪，可是那些紧闭的宫门、荒凉的小径，残留的烟尘，到处都弥漫着血腥的气味。想当年，唐玄宗和杨贵妃在这里携手同游的时候，是何等旖旎风流的情致；想当年，杨氏家族盛极一时，在曲江招摇过市的时候，是何等威风凛凛的气势；想当年，每当科考放榜的时候，新科进士们骑着高头大马在这里巡游，是何等春风得意的欢乐！然而，战争的酷烈让这一切温柔富贵尽数化为烟云，如今，只剩下一个孤苦伶仃的杜甫在这里吞声哭泣，痛苦地一遍又一遍追忆着那个令人无限眷恋的大唐盛世。

叛军进入后，对长安进行了几乎是血洗般的破坏，没有来得及跟随唐玄宗逃跑的王侯将相、王子王孙、公主王妃们被诛杀殆尽，连襁褓中的婴儿也难逃被屠杀的厄运。在长安城街头流浪的杜甫，有一次还遇到了大唐皇室的一位王孙，大概是他的家人已经全部惨死在叛军的屠刀之下，这位年少的王孙衣衫褴褛，蜷缩在街角上哀恸哭泣。杜甫看他可怜，问他姓名却死活不肯说，只是拉着杜甫的衣角，苦苦哀求杜甫说："好心人，你把我带回家去吧，给我一口饭吃，让我当奴仆都行，我什么都能做，

只要让我躲过叛军的搜捕就好。好心人，求求你帮帮我吧！"

作为皇室后代，想当初太平盛世的时候，王孙是何等的锦衣玉食，可现在，这个瑟缩在街头的孤儿只能让人感到心头一阵阵剧痛。杜甫很想伸出援手，无奈他自己都是孤身一人，扣留在长安被人监视，吃了上顿没下顿，常常是食不果腹，又如何能够庇护这位年少的王孙公子呢！他只好尽可能温和地安慰着王孙："你别怕，听说天子已经传位给太子了，当今皇上一定会号召天下兵马勤王，尽快平定叛乱、收复长安的，到那时候你就苦尽甘来了。快别哭了，要是让叛军知道了你的真实身份，只怕不会放过你的。"

说罢，杜甫轻轻拍拍王孙的肩膀，让他赶紧擦干眼泪，悄悄离开。他自己也不敢和王孙说太多话，生怕引起叛军的注意，反而给王孙带来更可怕的灾难。

对于战乱的种种亲身经历，催生了杜甫许多深刻反映现实的诗篇。就在至德二载（757年）的三月，被困在长安城的杜甫，用饱含血泪的笔墨写下了他的经典作品《春望》：

国破山河在，城春草木深。感时花溅泪，恨别鸟惊心。
烽火连三月，家书抵万金。白头搔更短，浑欲不胜簪。

农历三月已经是阳光灿烂的暮春时节，可是杜甫触目所见的，并非春暖花开的明媚，他感受到的也不是融和的春光与暖意，旧日山河还在，但国家已经残破，昔日车水马龙的长安城如今只剩下草木疯长，满目荒凉。春花依旧会开放，候鸟依旧会归来，但这一切自然景物仿佛都染上了黎民百姓深切的痛苦，仿佛花儿、鸟儿也懂得诗人感时恨别的痛苦，也和他一样泪流满面，心碎肠断。

自从战乱爆发之后，硝烟弥漫，战争一直在持续，沦陷在长安的杜甫与家人完全失去了联系，他是那么盼望能够得到来自亲人的信息，哪

品格卷 ● 战争篇

069

怕是只言片语的报平安就好。他第一次这么真切地体会到一封家书胜过万两黄金的价值。狼烟遍地，亲人音讯隔绝，在忧伤痛苦中，杜甫不自觉地搔首徘徊，却蓦然发觉头发都掉得差不多了，而且短得几乎连发簪都簪不住了。个人的憔悴衰老，国家的支离破碎，让诗人越发感到忧思深重。

就在写下这首《春望》之后不久，也就是至德二载（757年）四月，杜甫终于找到机会逃出了长安，冒着随时可能再次被捕的生命危险，一路逃到唐肃宗驻跸的凤翔（今陕西凤翔）。当他身着千疮百孔的破衣烂衫，狼狈万分地见到唐肃宗时，那一刹那，他忍不住热泪纵横，百感交集。他虽然官职卑微，当时在诗坛上还没有什么大的名气，但唐肃宗还是感动于他对国家的忠心耿耿，任命他为左拾遗。此时此刻的杜甫，也许最大的愿望，就是能够辅佐唐肃宗，收拾残破的河山，重建大唐的太平盛世。

国破山河在，城春草木深。

感时花溅泪，恨别鸟惊心。

烽火连三月，家书抵万金。

白头搔更短，浑欲不胜簪[1]。

（杜甫《春望》）

注释：
1. 簪：古代男子蓄长发时用来束发的首饰。

报君黄金台上意——李贺《雁门太守行》

大约在唐代元和二年（807 年）的一天，时任国子博士的大文学家韩愈终于送走最后一批客人。韩愈作为中唐文坛领袖，来拜访他、希望向他求教，甚至希望得到他的推荐和提拔的人络绎不绝。韩愈虽然是一个乐于奖掖后进的人，但这样一批又一批的访客仍然会让他时不时感到疲倦。因此，送完客人回到房间后，韩愈吩咐家人不要打扰他，让他好好小憩一会儿。

可是，韩愈刚刚如释重负地脱下外衣，换上家居常服，准备躺下的时候，门房又派人来报，说有一位年轻人来访，一边还递上了一本厚厚的诗卷。韩愈有点不胜其烦的感觉，这样的作品集他每天也不知道要收到多少，看都看不过来，他随手将诗卷往几案上一搁，正想躺下，眼光无意中扫过那本诗卷的第一页。这一扫不要紧，他立即睡意全无，赶紧站起来拿起诗卷，又将第一页的第一首诗好好读了一遍，一边读还一边情不自禁大声感叹："好诗！好诗！真是个奇才！快来人！"

等在房门口的家人立即进来，韩愈一叠连声地问："这个送诗的年轻人在哪里？"

手下人恭恭敬敬地回答："他还等在门厅里呢。"

071

"快！快！赶快请他进来！"韩愈一边大声吩咐，一边赶紧重新穿上衣服，快步向厅堂走去。

这位让大文豪韩愈击节叹赏的年轻诗人就是李贺，而这首让韩愈一读便惊叹不已的诗篇便是李贺的代表作之一《雁门太守行》：

黑云压城城欲摧，甲光向日金鳞开。角声满天秋色里，塞上燕脂凝夜紫。半卷红旗临易水，霜重鼓寒声不起。报君黄金台上意，提携玉龙为君死。

李贺写诗最大的特点就是绝不说那些陈词滥调，他的每一句诗都力求标新立异，因此也形成了一种奇诡浓艳的诗歌风格。为了写出与众不同的诗句来，他每天天刚亮就骑着一匹又瘦又弱的马，背着一个锦囊，一边冥思苦想，一边漫无目的地溜达。一旦灵感乍现，想到什么特别精

彩的句子，他就赶紧随手记下来，放在锦囊里，所以他写诗往往不是先有题目，而是先有妙句然后才将整首诗补充完整。到了傍晚回家的时候，太夫人让丫鬟打开锦囊一看，发现里面塞满了纸条，不由得又心疼又生气地叹息道："这个孩子这么刻苦，只怕要呕出心来才肯罢休哦。"

吃过晚饭，点上油灯，婢女开始磨墨抻纸，李贺便将白天想到的那些锦囊妙句写成一首又一首精彩绝伦的诗句。一年三百六十五天，几乎天天如此，从不间断。这首《雁门太守行》就非常典型地代表了李贺这种追求奇险的风格。

"黑云压城城欲摧，甲光向日金鳞开。"诗一开篇就出手不凡：日落时分，城外的敌人黑压压地铺天盖地而来，那气势好像要把城池都压垮了似的；但无论敌人有多强大，守城的将士都毫不怯懦，斜阳的余晖洒在他们的盔甲上，金光闪闪，益发显得守军严阵以待，气势宏伟。"黑云"既像是对自然景观的描写，又很可能是对敌军声势的一种比喻，可谓想象奇特。"角声满天秋色里，塞上燕脂凝夜紫。"军中的号角声穿透萧瑟寒冷的秋意，伤亡将士的鲜血就像胭脂一样，在夜色中凝结成了一片黯然的紫色。"易水"引用了战国时期荆轲的典故，荆轲受到燕国太子的委托，前往刺杀秦王嬴政，在易水河边慷慨高歌"风萧萧兮易水寒，壮士一去兮不复还"，这是一种重义轻生的壮烈精神。在这场残酷的战争中，守军将士偃旗息鼓，趁着黑夜的寂静急行军，逼近战场，夜寒霜重，连战鼓都闷声不响了。

然而，天气的恶劣，敌人的凶猛都不能改变战士们的勇气："报君黄金台上意，提携玉龙为君死。"黄金台又是一个历史故事。战国时期，燕国的燕昭王为了招揽天下人才，修筑了一座高台，高台上置黄金千两，作为对各方投奔的贤才的见面礼。燕昭王礼贤下士的决心，使得天下的人才纷纷投奔到燕国，开创了燕国最为强盛的时代，燕国也跻身于战国七雄之一。李贺引用这个故事，就是说将士们如此前赴后继、视死如归，都是因为同样一颗报效国家的赤胆忠心。

"报君黄金台上意，提携玉龙为君死。"李贺表面上是在浓墨重彩地描写一场惨烈的战争，实际上也是借此表白他自己的忠君爱国之意。但是，李贺的天纵才华和享有的盛名遭到了很多人的嫉妒，有人就千方百计想要打压他。当李贺信心满满准备去考进士的时候，却被告知他没有报考的资格，理由竟然是要避父亲的名讳。因为李贺的父亲名字叫李晋肃，"晋"字与进士的"进"字同音，所以李贺就不能用"晋"字和"晋"的同音字，如果不小心用了，就叫作"犯讳"。面对这种刁难，李贺人微言轻，无法反驳，只能无奈地退出考试，并且从此与进士绝缘。

这件事传到了韩愈耳中，韩愈深深为这位天才诗人感到不平，还专门为此写了一篇文章《讳辩》，指出取消李贺的考试资格纯属无理取闹，他还据理力争，说："父亲名字叫'晋肃'，儿子就不能考进士，那如果父亲名字中有个'仁'字，儿子就连做人的资格都没有了吗？"应该说，韩愈的辩护是极其有力的，可惜的是，当时的执政者昏聩不明，并没有因为韩愈的这篇文章而改变对李贺的不公平待遇。不过，虽然李贺不能通过科举进入仕途，而且他一度为此感到心灰意冷，但他呕心沥血创作的经典诗篇却放射出夺目的异彩，永恒地闪烁在中国诗歌的璀璨星空。

黑云压城城欲摧，甲光向日金鳞开。
角声满天秋色里，塞上燕脂凝夜紫。
半卷红旗临易水，霜重鼓寒声不起。
报君黄金台上意，提携玉龙为君死。

（李贺《雁门太守行》）

将军白发征夫泪——范仲淹《渔家傲》

公元 1040 年（北宋康定元年）3 月，年过半百的范仲淹受命于危难之际，从富庶秀丽的江南，来到了当时气候严寒、条件艰苦的西部边疆。

此时，西夏国李元昊称帝，公然与北宋王朝对抗，北宋西部边疆屡遭进犯，有朝不保夕之忧。加之三川口（今陕西延安西北）一战（又称延州之战），宋军元气大伤，李元昊打了个大胜仗后，更添得寸进尺之心。一时间北宋朝野震惊，军心不稳。宋仁宗赶紧召集众臣议事，入朝述职的陕西安抚使韩琦上奏保举因抨击朝政被贬越州（今浙江绍兴）的范仲淹镇守边陲。

尽管范仲淹已经好几次因为直言进谏，冒犯龙颜而遭贬黜了，但如今朝廷边疆告急，韩琦的上奏让仁宗重新想起了文武双全、品性正直的范仲淹。于是，宋仁宗任命范仲淹为陕西经略安抚副使兼知延州（今延安），这个职位就相当于陕西军区副司令兼延安市市长。

接到朝廷下发的诏书，范仲淹立即动身赶赴西部边疆。虽然他曾屡遭诬陷，但他耿直的品性、为国家分忧的赤诚之心从来没有因为被冤枉而有丝毫改变。一旦国家有需要，他一定会不计前嫌，到最需要自己的地方去。

沧海横流，方显英雄本色。范仲淹来到西北之后，立即调整战略防御体系，挑选精兵强将，日夜加强训练，厉兵秣马，不仅修筑了壁垒森严的防御工事，一改此前战备松弛的局面，还屡屡创造战机夺回了被西夏占领的很多军事堡垒，俘获大量西夏士兵和军用物资，宋军士气大振。西夏皇帝李元昊开始还不知道范仲淹和韩琦的厉害，多次试图进犯宋朝边境，却再也没有占到任何便宜，李元昊这才知道，原来宋朝也有能臣武将，原来宋朝也不是可以随便乱捏的软柿子！西夏的士兵们甚至还奔走相告："咱们再也不要打延州的主意了，这位范爷（指范仲淹）可不是一般人，他肚子里藏着数万甲兵，咱们可对付不了！"久而久之，一则民谣在西北边疆广为流传开来："军中有一韩，西贼闻之心骨寒；军中有一范，西贼闻之惊破胆。"这一韩，说的就是韩琦，一范，当然就是范仲淹了。

庆历二年（1042年）秋，范仲淹知庆州（今甘肃庆阳市庆城县），他此时的身份不仅是庆州知州，而且是"本路经略安抚使招讨使，兼兵马都部署"，已经是名副其实的将军、大帅了。当年的庆州是宋朝的边陲小城，从地理位置来看，西夏与北宋的实际控制边界线距离庆州仅七十多公里；从山川形势来看，庆州是一座被群山包围的孤城，属于典型的黄土高原；从人口来看，荒凉的庆州城不过二三万人，冷冷清清；从防御力量来看，范仲淹虽是一方将帅，可当时可用的守兵实际只有两万人，分别驻扎在环州和庆州，地广人稀，力量十分薄弱，庆州不过是一座军事上的危城。五十三岁的范仲淹，为边疆形势的危机痛心疾首，甚至"日夜悲忧，发变成丝，血化为泪"。然而，处境的危险和艰难都不能吓倒大智大勇的范仲淹，他勇于面对现实，扛起了国防的千钧重任。

庆历二年闰九月，西夏十万兵马大举入侵，由于指挥官葛怀敏的失误，宋朝军队在定川身陷重围，近万名将士尽数战死或被俘。定川兵败后，西夏人大肆掳掠边民，纵火焚烧，兵民死伤近二十万。范仲淹亲率麾下六千兵马连夜驰援，准备在西夏兵归途中截击，后又移师关中阅兵，显示军威，关中人心方才大定。消息传到朝廷，宋仁宗不由得喜形于色，直说："我早就知道仲淹是朝廷能够倚重的栋梁之材！（吾固知仲淹可用！）"

正因为范仲淹的料事如神和正确的防御战术和战略布局，一度虎视眈眈的西夏不得不放弃进攻的野心，被迫与宋朝讲和。由于平定关中有功，仁宗特为范仲淹加官进爵，并在第二年命其回朝升任枢密副使，相当于副宰相之职。然而功名利禄从来都不是范仲淹追求的目标，回朝刚一年，他又上书请辞副宰相的高位，主动申请去边疆为国分忧。

范仲淹是一位心忧天下、悲悯苍生的将军，同时还是一位诗人、词人。他的边塞词不同于很多词人只是在作品中对边塞进行想象和虚构或者回忆，也不同于很多词人并未亲历战争的严酷，只是记录边塞的行踪和观感。范仲淹不仅有长期戍边的亲身经历，而且他精通兵法，亲自策划了边疆的战略布局，指挥了重要的防御战斗，他的作品就不仅仅是隔靴搔痒的想象，而是真情实感的深刻再现。

庆历二年一个深秋的黄昏，当他又一次伫立在庆州城的军事制高点，瞭望四周形势时，尽管边塞苍凉萧瑟的风景和他记忆中熟悉的旖旎江南形成了巨大的差异，但他胸中澎湃的是制敌报国的慷慨激情，这种激情，融合着对边疆形势的深切忧虑，才铸成了这首千古绝唱《渔家傲》词：

塞下秋来风景异，衡阳雁去无留意。四面边声连角起，千嶂里，长烟落日孤城闭。　　浊酒一杯家万里，燕然未勒归无计。羌管悠悠霜满地，人不寐，将军白发征夫泪。

词的上阕描写塞外的特异风光：深秋的边塞，天气严寒，大雁都往南飞到衡阳去过冬了，连长期生活在北方的大雁尚且无法忍受冬天的酷寒，可远离温暖的家乡奔赴北方前线的将士们还在天寒地冻中驻扎，听

着军营中此起彼伏的号角声从四面八方传来，真是一派严阵以待的壮观场面。放眼望去，崇山峻岭仿佛形成了一道道险峻的屏障，将庆州阻隔成一座孤危之城。被西夏人居高临下包围着的庆州城处在一级戒备之中，城中时或狼烟升起，在凄冷的落日余晖之中，显得分外肃杀冷寂。

上阕描述边塞悲景，下阕转述边将悲情。这一年是范仲淹戍守边疆的第三个秋天，他也会时时怀念起家乡虽然清贫却安宁平静的生活，可是家乡远在万里之外，他连喝杯家乡土酒的简单愿望也无法满足。

边疆未定，作为一名军人，只能舍小家为国家。范仲淹还清楚地记得他小时候读历史书，读到汉朝大将军窦宪的故事，印象深刻。窦宪曾经打败匈奴，登上燕然山（今蒙古杭爱山），在石头上刻下文字，记录将士的赫赫战功。如今他也要像当年打了胜仗的窦宪一样，不破边贼，誓不还乡！可是朝廷中党争不断，忠臣被排挤，自己勉力创造的局面又不知能维持到什么时候。一想到漫长的军旅生涯前途未卜，保家卫国的雄心壮志和思念家乡的哀愁绵绵不绝，涌上心头。寂静的深夜里，对政局的焦虑、对破敌平疆遥遥无期的担忧，对戍守战士的深切同情，种种纷乱的情绪扰得范仲淹无法入眠。他长久地伫立在窗前，边疆特有的羌笛声从远处传来，倍显凄凉幽怨。这位南征北战的将军，鬓边的白发记录着他年过半百的沧桑，无声滑落的泪水诠释着他报国与思乡交融的复杂情感。

只有读懂了范仲淹"先天下之忧而忧，后天下之乐而乐"的无私精神，我们才能真正读懂"将军白发征夫泪"不是为个人前途揪心无奈的泪，而是为天下苍生命运忧心的仁爱情义之泪。

塞下秋来风景异，衡阳雁去无留意。

四面边声连角起，千嶂[1]里，长烟落日孤城闭。

浊酒一杯家万里，燕然未勒归无计。

羌管悠悠霜满地，人不寐，将军白发征夫泪。

（范仲淹《渔家傲》）

注释：

1. 嶂：形容山层层叠叠，像屏障一样。

079

铁马冰河入梦来——陆游《十一月四日风雨大作》

南宋孝宗乾道八年（1172年）的秋天，在四川南郑（今陕西汉中）北边的秦岭脚下，发生了一件惊心动魄的事——壮汉打虎事件！

这天下着大雪，一大早，雪地里就来了一行大约三十人，都骑着马，看样子像是出门公干路过这里。因为长途跋涉有些累了，他们在山路上找了一个稍微空旷点儿的地方，三十几号人都下马休息，摆开场面，便开始豪饮，一口气就喝下了一百多碗，既是御寒解渴，也是为了壮胆。

南郑的北边是秦岭，南边是巴山，自然生态环境非常好，但是经常有猛虎出没。这些饿虎有事没事就会窜到村子里去，今天叼走一只鸡，明天咬死一头羊，还经常袭击村民。为了老百姓的生命安全，当地政府经常招募勇士，专门上山打老虎。

一行人正歇着呢，忽然，一阵狂风呼啸，风声中隐隐夹杂着虎啸的声音。这群人吓坏了，腿直哆嗦，一时间都愣在那里。想逃吧，可是哪里迈得开腿！

正僵着的时候，虎啸声更近了，转眼间，一只吊睛白额大虎已经暴风般从山林里奔出来，眼见着距离大家只有百来步了。正在这千钧一发之际，只见人群中一个五十岁左右的男人挺身而出。这人长得很壮实，身材高大，虎背熊腰，一看就是个武功高强的"大侠"。"大侠"一声大吼，拎起身边的长矛，三步并作两步冲着老虎直奔过去，一直奔到老虎面前，举起长矛，对着恶虎猛刺。

那老虎岂是吃素的？它抬起两只前爪，站起来比人还高，冲着那位"大侠"猛压过来。说时迟那时快，"大侠"沉着镇静，手里的矛不偏不倚，往上直刺向老虎的喉管。被刺中的老虎痛得受不了，仰头又是一声长啸，右爪一伸，想往前拍去。"大侠"死握长矛往左一摆，格开虎爪后，又往前用力一推。那老虎的要害被长矛所刺，拼命挣扎了几下，就倒在了地上。这惊心动魄的一幕，前前后后才不过两三分钟，可已经把那一群人吓得脸色发青，面面相觑。回头再看那打虎的"大侠"，只见他把长矛从老虎喉咙里一拔，气定神闲地转身回到队伍当中。

这位打死老虎的勇士，并不是《水浒传》里的武松，而是南宋大名鼎鼎的诗人——有"小李白"之称的陆游。南郑打虎的这一年，陆游四十八岁，他的身份，不只是一位诗人，更是一位军人。他此时的职务是"左承议郎权四川宣抚使司干办公事、兼检法官"。这个官衔很长，实际上他的主要工作大概相当于军区司令的参谋、司令部办公室主任。这是军队里面很重要的职务，不但要对前线的形势了如指掌，为随时可能发生的战事出谋划策，而且还要熟悉、协调军队的各项事务，主管各类军事机密文件。

1125 年，也就是宋徽宗宣和七年，陆游出生在山阴（今浙江绍兴）一个书香世家，少有诗名，受父辈爱国精神影响，他从小习武，练得一身好武艺，决心长大后为国家效力。1172 年，他放弃了悠闲的文官工作，主动请缨，万里从军来到最前线，可不是为了来打老虎玩儿的，而是为了实现抗击金兵、收复中原国土的理想。所以，陆游在南郑亲身参加了多次与金兵的小规模遭遇战。边疆的战斗很艰苦，战士们经常跨上战马，在冰天雪地里跟敌军作战，冰霜打到脸上像刀割一样刺痛。两军对峙的时候，甚至好多天都不能生火做饭，只能靠冰冷的干粮充饥，还时刻面临着生命危险。但即便如此，陆游仍然觉得，这才是他梦想的金戈铁马的生活，是离他的理想最近的地方。

有一次，陆游骑着战马，在寒风刺骨的晚上，突破金兵的防线，悄悄渡过渭水，插入敌军腹地。他此行的任务是要潜入敌营，与沦陷区的义士取得联系，随时掌握金兵的动态。这是很危险的工作，要求派去的联络人胆大心细，武功高强。陆游的浑身武艺就有用武之地了——在做这种情报工作时，极有可能随时遭遇到跟金兵的肉搏战。陆游本来就是一个身手不凡的剑客，在这类关键时刻，他最擅长的剑术就能发挥作用了。陆游巧妙地避开敌人的严密封锁，及时地将金军的内部情报带回了宋军军营，出色地完成了情报工作。

陆游在南郑前线打老虎、和金兵斗智斗勇的一系列壮举，后来还被当成传奇故事，一直在南宋军队中流传，一些年轻的士兵听了这些故事，对陆游的敬意油然而生，暗地发誓要向他学习，争取成为像他那样能文能武的英雄。

由于朝廷奉行求和政策，不久陆游被撤出前线调回后方，并且从此再也没有机会回到他日夜牵挂的边疆，再也不能跨上战马，与猛虎格斗、与敌人智斗。二十年之后，一生主张抗金的陆游早已被罢官，在老家山阴闲居，可诗人老骥伏枥仍壮心不已。1192年农历十一月四日深夜，风雨大作，六十八岁的老诗人又回忆起了二十年前在南郑打老虎、抗金兵的生活，一时间感慨万千，写下这首名篇：

僵卧孤村不自哀，尚思为国戍轮台。夜阑卧听风吹雨，铁马冰河入梦来。

六十八岁的诗人，已是英雄迟暮，朝廷对他的一腔爱国赤诚置若罔闻，包围着诗人的只有贫困、衰老、疾病和孤独。可是当诗人抱病僵硬地躺在冷冷清清的、荒凉的乡村里，并没有因为个人命运的穷困而感到悲伤，他摩拳擦掌，念念不忘的还是再上前线，再为国家戍守边疆。"轮台"原指汉代西域地名，这里代指宋代北方边疆。深夜突如其来的狂风暴雨，一阵又一阵猛击着破败的门窗，这样风雨大作的气势，多像是当年宋军杀敌的神威。

陆游多么希望能够回到他壮年南郑从军的那段日子，"铁马冰河入梦来"！西北边疆此刻一定又是天寒地冻、冰封万里的季节了，可当年诗人南郑从军的时候，从来就没有把战场的艰险放在眼里，他身披战袍，面对像饿虎一样的金兵毫不畏惧，那是何等勇猛威武。从前线被撤回来后，几十年来他无数次在梦里，回到他最牵挂的西北边疆。年近古稀的他仍渴望着能和将士们一道再上阵杀敌，真正实现统一中国的梦想！这个梦，永远是支撑陆游一生最坚定的信念。

僵卧孤村不自哀，
尚思为国戍轮台。
夜阑卧听风吹雨，
铁马冰河入梦来。

（陆游《十一月四日风雨大作》）

王师北定中原日——陆游《示儿》

宋宁宗开禧二年（1206年），南宋朝廷再一次主动发起了对金的北伐战争。这场战争的主要发起人和领导者，就是当时朝廷里大权在握的韩侂胄。这一年，著名诗人陆游已经八十二岁高龄，被迫退休在家多年。可是，就是这位退休二十多年、几乎被朝廷遗忘的老人，偏偏跟开禧北伐发生了直接的关系——在北伐这件事情上，陆游公开支持了韩侂胄，再一次坚定地站到了主战派这一边，八十二岁的老诗人还写了不少诗来歌颂这场战争。

陆游之所以支持韩侂胄北伐主要有两个原因。第一个原因跟韩侂胄的出身背景有关。韩侂胄的曾祖父就是北宋时期的著名将领韩琦。韩琦在世的时候，当时西北边疆流传过一则民谣，其中有一句是这么说的："军中有一韩，西贼闻之心骨寒。"这"一韩"就是指韩琦。这句民谣是说在韩琦镇守边疆的时候，敌人一听是他带兵，吓得骨头都软了，谁都不敢轻举妄动！所谓虎父无犬子，作为将门后代，韩侂胄多少应该会受到一点家族的影响，他也确实很想像他的先祖那样，能够在战场上有一番作为。

正是因为韩侂胄的先祖为宋朝立下过赫赫战功，所以在抗战这一点上，陆游强烈地希望韩侂胄能够振兴先辈的事业，在抗金北伐的战场上再展雄风。因此尽管陆游跟韩侂胄本人并没有很深的私交，但韩侂胄的家世给了陆游信心，他希望韩侂胄能够把抗战这面大旗继续扛起来。

第二个原因，那就是来自陆游本身了。开禧北伐的时候，陆游已经八十二岁了，如果说他这一辈子还有什么愿望没有实现的话，那就是收复中原了。他比一般人更加迫切地希望看到北伐成功的那一天，他希望在自己的有生之年，能够亲眼看到国家的统一。而从当时的局势来看，似乎也只有韩侂胄有这个能力完成这项艰巨的使命。这也是陆游坚决支持韩侂胄北伐的一个重要原因。

可惜的是，退休多年的陆游对韩侂胄这个人并不十分了解，甚至从根本上来说，韩侂胄和陆游并不是同一类人，他们对待北伐的动机也很不一样。陆游的动机，是出于对国家的那份最深沉最强烈的爱，是从国家利益出发的。但是韩侂胄的动机就没有陆游那么纯粹了。

韩侂胄不但是太皇太后的姨侄，而且他的侄女还是宁宗的皇后，于是韩侂胄以外戚的身份开始手握重权，为了继续巩固自己的政治地位，他开始着手筹备北伐。因为他心里很清楚，自己是依靠外戚身份掌权的，有点儿名不正言不顺，怕被人看不起，所以才急于干几件大事，树立自己的威信。于是，当时有名一点的抗金志士，像陆游啊，辛弃疾啊，都成了韩侂胄拼命争取的对象。韩侂胄就是要借助陆游这样的抗金志士的声望，利用他们的号召力，来为即将发动的北伐制造声势。陆游并不想卷入政治斗争的是非，事实上他也的确没有被卷进去，但韩侂胄既然锐意北伐，那陆游当然会表示支持，这跟政治斗争无关，因为在他的心里，只有国家统一才是最高利益。

陆游虽然迫切地希望北伐成功，但他并不是盲目地支持韩侂胄。他的战略思想是非常成熟、非常稳重的，这点就跟韩侂胄的急功近利很不一样。比如说，陆游对战争的看法是：北伐要选用经验丰富的元老重臣，不能偏信那些只会夸夸其谈的人。再举个例子来说吧，在北伐的筹备阶段，韩侂胄重新起用了六十四岁高龄的抗金英雄辛弃疾，委任辛弃疾为浙江东路安抚使。就在辛弃疾被皇帝召见之前，陆游还专门写了一首诗《送辛幼安殿撰造朝》[1]送给他，把辛弃疾比作是像管仲、萧何一样的将相良才，希望他不要介意过去朝廷对他的冷落和排斥，担负起恢复神州的大任，告诫他不要仓促应战，同时还要提防那些小人们乘机陷害。可见，陆游和辛弃疾，在抗战北伐这件大事上是完全一致的，而且在思想上也是做了充分准备的。可惜的是，后来果然像陆游担心的那样，辛弃疾这次重新出山还不到十五个月，就被小人陷害罢了官。

可以说，陆游支持的是抗金北伐，而不是韩侂胄这个人。尽管他在很多方面并不赞同韩侂胄，但在国家统一的这个大前提、大目标下，他确实是对韩侂胄寄予过厚望。

只是可惜得很，大权在握的韩侂胄最终辜负了陆游的期望。他虽然有心恢复，却是个志大才疏的人，而且更要命的是他的旗下大多是一些纨绔子弟，以为北伐是儿戏，建功立业唾手可得。就在陆游八十二岁这年，也就是开禧二年，在根本没有准备充分的情况下，韩侂胄就匆匆发动了北伐战争。这场由南宋朝廷发起的战争，因为过于仓促草率而遭遇惨败。

开禧北伐惨败的结局，使南宋朝廷再一次向金人求和。为了向金国表示求和的诚意，投降派杀了韩侂胄，把他的头当作议和的信物献给了金人。

开禧北伐，是陆游一生中经历的最后一次北伐战斗，让他失望的是，

王師北定中

家祭無亡忘告乃

这次北伐又以失败而告终，在投降派的主导下，宋金再一次签订了丧权辱国的和议——嘉定和议（嘉定元年，1208 年）。这一年，陆游已经八十四岁了。而这次北伐的失败，竟然让八十四岁高龄的陆游，仍然逃不过投降派的赶尽杀绝——在彻底清洗主战派的"嘉定更化"中，一个退了休只能领一半工资的老人，因为被划入主战派的行列，在生命的最后时刻，还得了个"落职"的处分。所谓"落职"，也就是所有官衔职名都被罢免，包括最后留下的一半退休工资也被剥夺。一个为爱国而奋斗了一生的战士，到了临终前，居然重新变成了一个一无所有的人。

不过，八十四岁的陆游早就完全看透了政坛上的黑暗，他早就不在乎个人的这点名分了。在他生命的最后，激荡在他心中的，只有一份极其纯粹的感情——那就是爱，对这个国家、对这个民族最深沉的爱。这种爱，不会因为任何形式的打击而改变。他的临终绝笔，将这份深沉的爱推向了极致。这就是我们每个中国人都非常熟悉的那首《示儿》诗：

死去元知万事空，但悲不见九州同。王师北定中原日，家祭无忘告乃翁。

这是陆游生命的绝唱，也是他作为一名战士，至死不渝的一个梦想。在这个人世间，他唯一放不下的，就只剩下一件事。这件事，不是个人的名利，不是儿孙的前途，不是所谓的家业，他唯一的牵挂就是——"但悲不见九州同"。国家没有统一，他是死不瞑目的！不管受过多少挫折，遭受过多少诽谤，他始终没有丧失过信念。即使是到了九泉之下，他仍然会继续等待，等待"王师北定中原日"！等到那一天，子孙们一定不要忘记把这个胜利的消息告诉自己！活着的时候，他没有看到这一天，但他坚定地相信：这一天一定会到来！

虽然南宋王朝最终没有完成统一大业，但陆游的爱国精神在陆氏家族中仍然绵延不息。陆游去世后七十年，即 1279 年（宋帝赵昺祥兴二年，元世祖忽必烈至元十六年），元军败宋于崖山，南宋王朝灭亡。陆游的孙子元廷闻崖山兵败忧愤而卒，曾孙传义绝食而卒，玄孙天骐于崖山之战中不屈于元，投海自尽，可谓满门忠烈，彪炳千秋。

死去元知万事空，

但悲不见九州同。

王师北定中原日，

家祭无忘告乃翁。

（陆游《示儿》）

注释：

1.《送辛幼安殿撰造朝》：稼轩落笔凌鲍谢，退避声名称学稼。十年高卧不出门，参透南宗牧牛话。功名固是券内事，且葺园庐了婚嫁。千篇昌谷诗满囊，万卷邺侯书插架。忽然起冠东诸侯，黄旗皂纛从天下。圣朝仄席意未快，尺一东来烦促驾。大材小用古所叹，管仲萧何实流亚。天山挂旆或少须，先挽银河洗嵩华。中原麟凤争自奋，残虏犬羊何足吓！但令小试出绪余，青史英豪可雄跨。古来立事戒轻发，往往逸夫出乘鲈。深仇积愤在逆胡，不用追思灞亭夜。

壮岁旌旗拥万夫——辛弃疾《鹧鸪天》

嘚嘚嘚嘚，嘚嘚嘚嘚，嘚嘚嘚嘚……

整齐而迅疾的马蹄声打破了寂静的夜，几十名壮士骑着骏马倏地从黑暗中冲出，又闪电般融入黑夜。

夜已经深了，除了守夜巡逻的士兵还在勉强抵抗着睡意，其余士兵都已沉沉进入梦乡。唯有军营中心一个灯火通明的营帐还显示着它的热闹，营帐中很多人已经如同那凌乱的兵器和战袍一般散落在各处，有的还在猜拳行令，有的自斟自饮，有的海阔天空喋喋不休……

酒席正中坐着的是一位略显瘦弱的男人，他身旁两人却很粗壮，其中一个正在倒酒，另一个则一手扶着瘦男人的肩头，一手拍着桌子，大声嚷嚷："张大人真是个聪明人！早看穿了那姓耿的成不了大事，趁辛弃疾南下，与我金军里应外合一举杀了那姓耿的，真是识时务者为俊杰啊！"

那个被称为张大人的瘦男人，也得意地哈哈大笑："我早看那姓耿的不顺眼了，几个草寇，乌合之众，能成得了什么大事！要不是忌惮他身边有神勇过人的辛弃疾，我老早就想下手了！如今可好，咱们都是大金国的人了，以后老兄可要多多关照老弟我呀！"

他们在营帐中互相吹捧，兴高采烈，却不知帐外巡逻的士兵已经一个个不省人事，危险正在向他们靠近……

"冲啊!""弟兄们冲啊!"一声接一声的怒吼震耳欲聋，划破黑夜，叮当哐啷兵器碰撞的声音也越来越混乱、越来越响亮。一个巡逻的小兵惊慌失措地冲进营帐："大人，不好了，有人偷袭军营!"

"什么!""张大人"刚还喝得晕头转向，此刻突然被震得清醒过来。

"大人，有人偷袭，已经冲进来了!"

"快，准备应战。""张大人"一声大喝，刚才还东倒西歪的醉汉们，一个个手忙脚乱去摸身边的战袍和兵器，可是战袍还没来得及上身，就只见眼前一晃，一匹骏马已经冲了过来，马背上的一位彪形大汉，就像老鹰捉小鸡一样把那个"张大人"拎上马。刚刚还春风得意的"张大人"来不及反抗一下，就被反捉着双手，绑到马背上，被彪形大汉裹挟着横冲直撞出了营帐。其他醉汉目瞪口呆地看着这猝不及防的一幕，都吓得腿发软，呆若木鸡。

"叛徒张安国已经捉到了! 耿大哥的仇报了! 弟兄们，跟我冲啊!"

彪形大汉马不停蹄，一只手控制着瑟瑟发抖的张安国"张大人"，一只手还在振臂高呼："兄弟们，我们不能投敌叛变啊! 大家不要忘了，我们都是大宋子民啊!"

跟着他一起冲进军营的几十位壮士也高声大吼："弟兄们，不要忘了金人跟我们的血海深仇啊! 弟兄们，我们一起杀出去啊!"

刚才还一片寂静的军营早已乱作一团，穿着金军服装的一批汉人士兵也拿起兵器，抢上战马，跟着彪形大汉一路冲出军营。刚刚还只有数十名壮汉，瞬间壮大成了千军万马，像洪水一般汹涌而出。等那些昏睡的金兵从愣怔中反应过来，慌慌张张拿起弓箭跳上战马，再急忙围追堵截的时候，彪形大汉率领的队伍早已经冲出去老远了。

这个率领五十精兵冲入五万金军大营的彪形大汉，就是南宋著名的大帅——辛弃疾。辛弃疾人称"青兕"，意思是凶猛的犀牛，可见他的勇猛善战。而被活捉的叛徒张安国，原本和辛弃疾一样，是山东起义军首领耿京的老部下，大家聚集在一起，为的是打击金国侵略军，解救在金人压迫下的汉族老百姓。

可是，张安国却因贪图荣华富贵被金人收买，暗地里勾结金军，背叛了起义军。正当辛弃疾代表耿京南下建康（今南京）去联络南宋朝廷、准备投奔南宋正规军的时候，张安国趁机暗杀了耿京，还逼迫一部分起义军和他一起投降了金国，他本人被金国任命为济州知州（相当于今山东巨野县县长）。

辛弃疾圆满完成了与南宋结盟的任务，却在北归途中得知了张安国叛变的消息。辛弃疾当机立断，聚集了这五十来名骁勇的起义军人，立即改变行程，直扑济州的金兵营地，夜闯敌营活捉叛徒。被迫跟随张安国投降的万余起义军旧部，本来就是身在曹营心在汉，此时见"老领导"辛弃疾如此神勇，也纷纷倒戈，跟随着辛弃疾一路呐喊着杀出金军营地的重重包围。

五十人面对五万金国大军，真可谓九死一生。可是，明知山有虎，偏向虎山行，这正是辛弃疾敢做敢当的个性。

辛弃疾一路马不停蹄，奔过淮河，率领万余名起义军壮士，接连飞驰几昼夜，奔回南宋朝廷，把叛徒张安国献给宋高宗杀了。

这一年，是公元1162年，南宋高宗绍兴三十二年，辛弃疾才二十三岁。

这个"传奇"不仅在南宋朝廷广为传播，也成为辛弃疾后来一生最为刻骨铭心的回忆。活捉了张安国、回归南宋朝廷之后，辛弃疾就此留在了南方，终生没有再回女真贵族统治下的山东。可惜的是，南宋朝廷奉行主和政策，与辛弃疾抗金收复中原的主张背道而驰，他的一身才能不但没有用武之地，反而受到当权者的忌恨，中年以后更是被罢官闲置长达二十余年。

直到辛弃疾晚年闲居上饶的时候，他还经常回忆起这段"神话"传奇。

有一天，一个年轻人慕名来拜访这位闻名已久的老英雄，年轻人在他面前慷慨激昂地倾诉着抗金的主战立场，一再表示对朝廷主和政策的不满，表达对老英雄怀才不遇的同情。看着年轻人意气风发、情绪激动的样子，辛弃疾不由感慨万分，他的思绪又回到了那个战马嘶鸣、青春激荡的战场，于是，他挥毫写下了这首《鹧鸪天》：

壮岁旌旗拥万夫，锦襜突骑渡江初。燕兵夜娖银胡䩮，汉箭朝飞金仆姑。　　追往事，叹今吾，春风不染白髭须。却将万字平戎策，换得东家种树书。

这首词的上片就是回忆他少年时夜袭金营，活捉叛徒张安国的壮举。那个月黑风高的夜晚，辛弃疾亲自率领穿锦衣、骑快马的旧部万余人一路狂奔，渡江南下，旌旗招展，声威浩大。北方的金兵则手忙脚乱地抓起箭筒（胡䩮）想要拦截他们，可他们哪里抵挡得住汉族军士暴风雨般射过来的、名叫"金仆姑"的箭呢。短短四句，对这一段辉煌的经历做了高度的艺术概括，并勾勒出一个少年英雄的英武形象。

词的下片则是感叹他老来闲置居家、报国无门的境遇："却将万字平戎策，换得东家种树书。"辛弃疾南渡之后曾向宋高宗呈上《美芹十论》、《九议》等奏章，详细汇报他在金国时了解的敌情，并且深入分析当时宋金对抗的双方形势，提出了一系列具体可行的抗金措施。可惜的是，倾注他一生心血的上万言抗金良策被束之高阁，无人理睬，甚至他带回来的万余起义军也被解散。一个文武双全的将帅之才，眼看着祖国半壁江山沦陷敌手，却只能无奈地和邻居聊聊闲话，将胸中破敌制胜的万千良策交换成邻家老农种花种树的技艺。追怀青年时期的英雄往事，再看如今满面风霜，英雄迟暮，这是何等悲怆的情怀！

"追往事，叹今吾，春风不染白髭须。"当年轻访客激情澎湃地谈起抗战主张，再一次勾起了他深藏在内心的清晰记忆：他曾在硝烟弥漫的战场挥洒着青春与血汗，出生入死却从无畏惧，他那么渴望将自己积累的实战经验与智慧施展在报国的战场上，可现在他只能像个老农一样蛰居乡村，一年一度的春风能染绿枯黄的草木，却不能再染黑他花白的须发，眼睁睁看着年华老去，抗金报国的黄金机会一次又一次白白被浪费。每当思虑至此，怎不让英雄扼腕！

1207 年，六十八岁的辛弃疾抱恨长眠。在他临终前的一刻，他强撑起病体拼尽全力大喊三声："杀贼！杀贼！杀贼！"这是他留在这个世界上最后也是最顽强的心声！

壮岁旌旗拥万夫，锦襜突骑渡江初。

燕兵夜娖[1]银胡䩮[2]，汉箭朝飞金仆姑。

追往事，叹今吾，春风不染白髭[3]须。

却将万字平戎策，换得东家种树书。

（辛弃疾《鹧鸪天》）

注释：
1. 娖：[chuò]：谨慎的样子。
2. 胡䩮：箭筒；又据《通典》，胡䩮为一种皮革制成的测听器，军士枕着它，可测听三十里内的人马声响。
3. 髭：[zī]：嘴上边的胡须。

醉里挑灯看剑
——辛弃疾《破阵子·为陈同甫赋壮词以寄之》

淳熙十四年（1187 年）十二月初，陈亮从浙江东阳跋山涉水，赶到辛弃疾在上饶铅山瓢泉的新居与他相会，而他们这次相聚想要讨论的主题是"恢复之事"，也就是抗金北伐收复中原的国家大事。

1187 年，离北宋灭亡的 1127 年已经过去了六十年，南宋形成了较为稳定的偏安局面，朝廷中主和派占据了主导地位，尤其是在公元 1164 年（隆兴二年），宋金签订了隆兴和议，这是继秦桧主导的绍兴和议之后又一次极其屈辱的和议，南宋朝廷除了继续割地赔款之外，跟金朝的关系也由过去的称"臣"改为称"侄"。自此以后，宋朝送往金朝的国书，正式的格式就变成了这样：

侄宋皇帝眘，谨再拜致书于叔大金圣明仁孝皇帝阙下……

宋孝宗赵眘要自称名字，而金朝回复的国书只写"叔大金皇帝"，不像宋朝一样还要署上皇帝的名字，国书上也不写"谨再拜"，只写"致书于侄宋皇帝"，皇帝前面不用尊号，不称"阙下"。两方的不平等从国书的格式上都可以看出来，可就是这样的不平等，太上皇赵构还沾沾自喜，觉得自己占了好大的便宜。因为以前绍兴和议签订的时候，赵构要对金国皇帝称臣。现在儿子赵眘称金国皇帝为叔叔了，"君臣"关系变成了"亲戚"关系，那自己不就是金国皇帝的大哥了吗？辈分一下子提高了，这不是占了大便宜了吗？

隆兴和议再一次浇灭了抗金主战派涌动的激情，朝廷的不思进取，大臣们文恬武嬉的状态，让辛弃疾、陈亮这些爱国志士们扼腕痛惜。陈亮不顾自己平民百姓的低微身份，冒险上书皇帝，历陈朝廷不可对敌人软弱，恳请皇帝励精图治，振兴国家。可是这篇历史上著名的《中兴五论》被朝廷置之不理。因为陈亮屡次上书，让朝廷的主和派十分忌惮，他还遭到了严酷的排斥和打压。可是这一切都没有改变陈亮恢复中原的爱国志向，也因此，他和志同道合的辛弃疾成为了至交好友。

陈亮是辛弃疾难得的知己，他们同是豪放派词人，个性张扬豪迈，喜欢谈兵论法；他们持有相同的抗金主张，都以国事天下事为己任，都曾经慷慨激昂地上书皇帝，纵论抗金北伐的策略，并且因此而名声大震。他们早在临安时就已经成为惺惺相惜的好朋友。正因为他们毫不掩饰的抗金志向，直言不讳、屡屡上书劝谏皇帝，因而都被主和派打击排挤。辛弃疾于1181年被撤职退居江西上饶后，陈亮一直想找机会去看望他。直到淳熙十四年（1187年）冬天，陈亮从浙江东阳赶到上饶，才终于实现了盼望已久的相聚。

深厚的友谊慰藉了正在生病的辛弃疾。他与陈亮讨论国家大事常常直到深夜还不觉得疲倦，他带着陈亮流连于上饶的风景名胜，他们在鹅湖、瓢泉等地一起高歌痛饮，将他们对国事的担忧、对个人身世的悲愤都倾泻在酒杯之中、抒发在诗词之中，那真是一段酣畅淋漓的日子。

然而，世上没有不散的筵席，陈亮在上饶逗留了十日，终于还是到了分别的时候。离去的那天，辛弃疾心中非常恋恋不舍，与陈亮挥手告别之后，他又很后悔没有多送陈亮一程。

辛弃疾是一个心里想什么马上就会付诸行动的人，第二天，他就沿着陈亮离去的路线快马加鞭地追了过去。可是时值冬天，他追到鹭鸶林的时候，雪深泥滑，马匹无法再前行。他只好在鹭鸶林附近的方村[1]独自喝了一夜的闷酒。

就在方村投宿的时候，他辗转反侧难以入眠，这时，耳边远远地飘来了笛声。笛声的悲切激发了词人的创作激情，他挥笔写下了词史流芳的《贺新郎》（把酒长亭说）一词。所谓心有灵犀一点通，没想到只过了五天，陈亮就写信来索要辛弃疾的词。收到辛弃疾的词作后，陈亮感慨万分，立即用原韵和词一首。这样反复唱和了好几轮，辛弃疾与陈亮酬唱的五首《贺新郎》词轰动了整个南宋词坛。在这五首词中，辛弃疾与陈亮不仅把两人的友谊比作古代伯牙和子期的知音之交，更把两人暂时的退隐比作闻鸡起舞的祖逖与刘琨，无论他们曾经遭受到怎样不公平的待遇，一旦国家有难，他们都将毫不犹豫地挺身而出。

辛弃疾和陈亮深厚的友谊、共同的男儿志向不仅成为了南宋词坛的佳话，也激发了辛弃疾创作这首《破阵子·为陈同甫赋壮词以寄之》的灵感与激情。

醉里挑灯看剑，梦回吹角连营。八百里分麾下炙，五十弦翻塞外声，沙场秋点兵。　　马作的卢飞快，弓如霹雳弦惊。了却君王天下事，赢得生前身后名。可怜白发生！

同甫是陈亮的字，这首词便是辛弃疾寄给陈亮表达共同志向的作品。尽管这个时候辛弃疾已经被撤职，被迫闲居在江西上饶，可是他经常在

《破陣子》

醉裏挑燈看劍，
夢回吹角連營。
八百里……

愤懑的醉意中"挑灯看剑",仿佛在梦中又重新回到他的青年时代:那时,辛弃疾曾经率领着山东的起义军兄弟们在金军阵营里左冲右突,杀敌无数。"八百里"是牛的名字,"五十弦"本来是指的一种名为瑟的乐器。将烤熟的牛肉分给麾下勇猛的部将,军乐团奏出慷慨激越的边塞战场的豪迈军歌,在秋风中检阅千军万马,整装待发。

战场,那才是一个铁血军人真正施展才华、保家卫国的地方。

的卢是一种骏马的名字,相传当年刘备的坐骑就是的卢马。战马像的卢一样飞驰,离弦之箭像霹雳惊雷一般射向敌军,让敌人闻风丧胆。辛弃疾和陈亮都渴望着能够驰骋疆场,消灭敌人,收复沦陷的国土,挽救水深火热中的老百姓,建功立业,报效国家和君王。可惜的是,在主和政策的主导之下,南宋朝廷软弱无力,不思进取,像辛弃疾、陈亮这样的英雄志士却遭到了猜忌,一直被打压和排挤,眼看着鬓生白发,大好的青春年华迅疾消逝,抗金北伐的大好机会也一一丧失,怎不令英雄扼腕,壮士痛惜!

南宋王朝只剩下半壁江山,朝廷的主事者却并没有收拾旧山河的意思,让辛弃疾、陈亮这样的英雄豪杰只能沉沦在风花雪月之中:"了却君王天下事,赢得生前身后名。可怜白发生!"理解了辛弃疾和陈亮的鹅湖之会,我们才能深刻理解,辛弃疾在上饶的闲居生活,看上去从容悠闲,可实际上,面对破碎的山河,破碎的理想,他的内心深藏着何等的苍凉与悲愤!

醉里挑灯看剑，

梦回吹角连营。

八百里分麾下炙，

五十弦翻塞外声，

沙场秋点兵。

马作的卢飞快，

弓如霹雳弦惊。

了却君王天下事，

赢得生前身后名。

可怜白发生！

（辛弃疾《破阵子·为陈同甫赋壮词以寄之》）

注释：

1. 方村今属上饶县茶亭乡松坪村，与铅山县青溪镇隔河相望。参阅《带湖与瓢泉——辛弃疾在信州日常生活研究》。

留取丹心照汗青——文天祥《过零丁洋》

公元 1279 年初，一艘斑驳锈蚀的战船从波涛汹涌的伶仃洋一路颠簸，到了崖山，船舱外风高浪急，船舱内也传来一浪高过一浪的怒吼和争吵声，间或还夹杂着长时间的沉默。

"你再好好想想看，只要你一点头，立马有高官厚禄等着你，你的老母、妻室儿女后半生都有享不完的清福啊。"

"哦? 你说得倒轻松! 看来你早就忘了你的出身，忘了你是大宋子民，汉奸当得很自在啊!"

"你……你不要嘴硬。识时务者为俊杰，你应该和我一样清楚，朝廷已经从里到外腐败得不可救药，小皇帝才八岁，乳臭未干，只会噭噭地哭; 底下的大臣们一个个只知道打着自己的如意小算盘。这样糊涂的君君臣臣，如何能抵挡得了如狼似虎的蒙古人?"

长时间的沉默过后，另一个声音回答: "纵然皇帝还小，大臣自私，可是还有千千万万的大宋百姓等着我们去保护，你怎么就忍心抛弃他们，反而像条狗一样跑去侍奉元人? "

逼仄的船舱内，一张破旧的小四方桌旁，正面对面站着两个人，一个身材高大但须发蓬乱，一脸憔悴却又鄙夷的神情，这就是南宋末年著

103

名的爱国将领文天祥；另一人略为矮小，眼神飘忽，在对方炯炯有神的逼视下显得猥琐而窘迫，他就是已投降元军的宋朝叛将张弘范。刚刚在他们俩之间发生的争吵，就是因为张弘范逼迫文天祥写信给张世杰、陆秀夫两位丞相——他们正保护着宋朝皇帝赵昺固守广东的崖山，预备与元军做最后的搏斗。张弘范威逼利诱，希望文天祥能写信招降宋朝君臣，但文天祥始终不为所动。

两人一番僵持过后，张弘范放缓口气说："我劝你别硬撑着了。元朝皇帝说了，只要你肯写一封信给小皇帝身边的丞相张世杰、陆秀夫，劝他们放弃抵抗，早日投降，大家都可免于一死，还能享受后半生的富贵。否则，元军铁骑一到，后果将不堪设想。"

文天祥听后沉默片刻，简洁地说："笔墨伺候！"张弘范以为文天祥"想通"了，赶紧将早已准备好的文房四宝摆在桌子上。文天祥从容坐下，挥笔疾书，写完一言不发地站起身来。张弘范急急地从桌上捡起纸来，只见上面题写了一首诗——《过零丁洋》：

辛苦遭逢起一经，干戈寥落四周星。山河破碎风飘絮，身世浮沉雨打萍。惶恐滩头说惶恐，零丁洋里叹零丁。人生自古谁无死？留取丹心照汗青。

这是文天祥途经零丁洋时创作的诗篇，如今他把这首诗作为对张弘范劝降的答复写了下来。"零丁洋"即"伶仃洋"，为今天广东省珠江的入海口与南海相接的一片喇叭形海域。这片海域在军事上十分重要，一直是中国南大门的一道重要防线。从1277年开始，元军对南宋军队形成了越来越势不可挡之势，文天祥率领宋军进行了多次的殊死搏斗。1278年底，文天祥又率军在广东海丰北五坡岭与元军激战，终因寡不敌众而兵败被俘，随后被押至船上。这一路漂洋过海，写诗时船只正行经珠江口的伶仃洋，故名《过零丁洋》。

面临生死关头，文天祥回味平生，感慨万千。诗的开头两句，是文天祥对自己一生的高度概括。文天祥早有经国之志，所以勤奋读书，并在二十岁时一举高中状元。"辛苦遭逢"是说当年的自己是何等地艰苦学习，"起一经"是说终于因为对经书的熟练掌握而"起"，所谓"起"就是考中进士、踏入仕途的意思。

一般人状元及第，往往志得意满，以为凭借着自己的身份、才干和地位可以有一番大的作为了。但文天祥恰恰遇到了一个战争不断、风云四起的时代，他的一生便不能如太平年代一样安稳，而是充满了动荡和不安。南宋末年，政治腐败，北方兴起的元朝对大宋江山虎视眈眈，诗的第二句就是描述战争爆发后的政治局势，从1275年元军攻克南宋首都临安（今杭州），文天祥起兵勤王，到他被俘的1278年，正好四个年头。这一句看上去描写了一个客观事实，其实暗寓着对时局的批评。正因为南宋当政者一会儿主战，一会儿主和，没个长久的主见，贻误战机，最终导致了局面的被动，国家也陷入了国土破碎、风雨飘摇的危急状况，像文天祥一般的宋朝人，大多因为战乱而不得不如浮萍一般漂泊四方，生活动荡不定。

惶恐滩是赣江中的一处水流湍急的险滩。1277年，文天祥在江西兵败后，在元军的追赶下，正是沿惶恐滩头撤退到福建去的。而"零丁洋里叹零丁"一句正是文天祥面对茫茫大海时孤独无依的心情写照。诗人在这里巧妙地借用了"惶恐"、"零丁"两个地名的谐音来描述自己的心情，非常贴切。江西兵败时，文天祥部下死伤极大，军队元气大伤，而且他的母亲、妻子和儿女都被元军掳去，生死未卜，难怪他的心里会充满着无法用语言来形容的惶恐。

文天祥其实已经意识到了死亡的临近，因为以当时国势的衰败和他自己的身份，最终都难逃一死。但面对死亡，尤其是面对因为国家大义而必须牺牲的结局，文天祥选择勇敢地面对。他特别用了一个词"汗青"，

汗青就是史书的意思。在纸张没有发明之前，人们要先用火慢慢将青色的竹子烤干，蒸发掉水分，然后才能制成可以书写的竹简，这就被称作"汗青"。后来"汗青"一词就被借用为史册、史书的意思。文天祥坚定地选择了舍生取义的人生归宿，他坚信自己的名字会永远地留在中国的历史上，照耀古今。

诗读完了，原本气急败坏的张弘范也忍不住连声说："好人！好诗！"尤其最后两句"人生自古谁无死？留取丹心照汗青"可谓掷地有声，铁骨铮铮，张弘范读了这两句以后也深感惭愧，实在不好意思再继续劝降文天祥了。

张弘范一脸羞红，灰溜溜地离开了关押文天祥的船舱——他知道，一切诱惑和恐吓，都不可能对文天祥产生任何影响了。舱内只剩下文天祥一人，透过昏暗的舱门，听着时远时近、忽大忽小的波涛声，他的心

106

绪异常平静。因为放下了生死之心，一切便也显得微不足道了。

  1283 年，拒不就范的文天祥英勇就义于大都 (今北京)。据说遇难后有人从他衣袋中找到了一篇自赞文，其中就有"读圣贤书，所学何事，而今而后，庶几无愧"数句。其中所流露的情感与这首《过零丁洋》一样，正是他选择大义而无愧于自己、无愧于国家、无愧于天地的良心。

辛苦遭逢起一经，

干戈寥落四周星。

山河破碎风飘絮，

身世浮沉雨打萍。

惶恐滩头说惶恐，

零丁洋里叹零丁。

人生自古谁无死？

留取丹心照汗青。

（文天祥《过零丁洋》）

无限河山泪——夏完淳《别云间》

公元 1647 年六月的一个深夜，松江华亭县（今属上海）一座院子外，一个敏捷的身影翻过围墙，蹑手蹑脚地走到了门前，轻轻地敲着厚实的大门，过了一会儿，室内响起了"谁啊"的声音。一位中年妇女端着一盏油灯，打开了大门。

"是我，端哥啊。儿子被清廷缉捕，近来追捕甚急，只能先逃到外地，一时难以回家伺候母亲，万望母亲保重。"说话的正是妇人久日未归的儿子夏完淳。

"端哥"正是明末清初抗清英雄、著名的少年诗人夏完淳的乳名。此刻他清亮却隐含忧色的眼神看向母亲——儿子虽然年少，一张英俊干净的脸上却看不到少年人常有的稚气，而是显出饱经风雨的坚强与成熟。

"你这是要去哪里啊？你媳妇身怀六甲，也在眼巴巴等着你回来。她睡在后院，我这就去喊她过来。"母亲拉着儿子的手，一脸无法掩饰的担忧——丈夫已经在战斗中殉国，如今儿子继续暗中从事抗清的斗争，母亲日夜担心着他的安危，才届中年的母亲却已是鬓发斑白，容颜憔悴。夏完淳看着母亲焦灼的目光，努力抑制住内心的愧疚之情。

"不用，不用，我马上就要离开。如果幸运的话，说不定我还能回来……"

话没说完，只听外面的院门传来重重的撞击声。夏完淳知道自己的行踪被暴露了，清廷的追兵已至。他转过身看看院门，突然对着母亲跪了下来，说：

"儿子不孝，此次恐怕有去无回。但恢复我大明王朝，也是父亲大人的遗愿……"

话没说完，门"呼啦"一下被撞开了，数十清兵团团围住了夏完淳。夏完淳向母亲深深一拜，然后不慌不忙地站起身来，再深深凝视了母亲以及闻声赶来的妻子一眼，来不及多说一句话，便被吆喝着押出了大门。

几天后，夏完淳和其他抗清志士一道被押解着坐船，往南京方向而去。临上船时，他回头向家乡做了最后的告别。他知道，此次一别故乡云间，可能真的是永别了。回味自己十七年的人生历程，他的心里禁不住涌上了这样悲壮的诗句：

三年羁旅客，今日又南冠。无限河山泪，谁言天地宽。
已知泉路近，欲别故乡难。毅魄归来日，灵旗空际看。

这就是中国诗歌史上著名的《别云间》一诗。"云间"是明代松江府（今属上海）的旧称，也是夏完淳的故乡。

诗的头两句是诗人对自己三年抗清岁月的追忆。1645年，十四岁的夏完淳跟随父亲夏允彝和老师陈子龙起兵反清，兵败后，夏允彝投水自尽，他又与陈子龙于太湖一带组织起义，太湖义军不幸失败，陈子龙被俘后投水自尽。夏完淳历尽坎坷，更因失败而一度避居嘉定等地，但他毫不动摇，一直奔走于江南各地，故诗歌"三年羁旅客"说尽了三年的艰难困苦，"今日又南冠"则点明自己已经成为清兵的阶下囚的处境。"南冠"就是囚犯的意思。

从一个抗清英雄到一个囚犯，身份的转变同时意味着理想的破灭。

所以接下来两句，夏完淳直接抒发了内心的悲慨。面对风光无限的大好河山，夏完淳难掩悲愤的泪水。在泪眼蒙眬中，他黯然觉得属于自己的天地原来是那么狭窄。随后"已知"一句将自己的情感降到了冰点。作为清廷重点缉捕的首领，夏完淳深深知道他正在一步一步地走向生命的终点，没有什么比如此清晰地意识到自己的死亡期限更悲凉的了。他想起了故乡，那承载了童年欢乐、少年立志和青年从戎的人生旅程的故乡，他想起了长眠故乡的父亲，想起了慈祥善良的母亲，也想起了温柔多情的妻子，他甚至想起了妻子腹中正孕育着的儿子。万般滋味一齐袭来，他第一次感觉故乡原来是生命中最温暖的地方。他说"欲别"，其实是不欲别，一个"难"字写尽了一个英雄的柔肠百转。

可英雄的情感从来也是可以超越常人的，所以结尾两句又将情感的冰点逐渐升温，用一种贯穿生死的宏大气魄，写出了夏完淳对未来胜利的展望和信心。对诗人自己而言，生命也许很快就要终止，但他坚信，自己即便身死化为了魂魄，他的灵魂也会继续行走在抗清的大路上，何况那些壮观的招魂幡旗，正是未来抗清的主力。想到这里，从悲愤和绝望中缓过神来的夏完淳竟然露出了一丝不易察觉的微笑。他的心里陡然亮了起来，因为打通了生死的界限，他的眼前也不再是漆黑一片，他分明看见了不远处若隐若现的光明……

八十天之后，在南京，年仅十七岁的夏完淳带着对未来的无限期盼，英勇就义，成为了中国历史上最年少的民族英雄之一。就义前，夏完淳再次表现出与年龄不相符的勇敢与气节，据说，他不仅拒绝了洪承畴的招降，而且当众怒斥洪承畴为明朝叛徒，早已置生死于度外的少年英雄，为这个世界留下了一抹不屈的眼神，那是一束不灭的火光，照亮着前赴后继的英雄们，为自己的信仰而坚守、奋进。

三年羁旅客，今日又南冠。

无限河山泪，谁言天地宽。

已知泉路近，欲别故乡难。

毅魄归来日，灵旗空际看。

（夏完淳《别云间》）

111

气
节
篇

郁郁涧底松——左思《咏史八首》其二

中国有一个盛产美男子的时代——魏晋南北朝时期。当然，那时美貌男子被雅称为"玉人"，而不是"帅哥"。

传说美男卫玠还是幼童的时候，一上街就被女性围观，自然还伴随着七嘴八舌地惊叹："这是哪里来的玉人啊？"坐在羊车上的小小卫玠恐怕还没有意识到原来美貌也可以改变命运。他的美貌及其产生的轰动效应甚至还给中国的成语辞典增添了一个叫"羊车入市"的典故。成年后的卫玠不仅是无数女性同胞眼中的偶像，连同时代自视甚高的美男们也不得不在他的绝代风华面前甘拜下风。例如卫玠的舅舅王济也以美貌闻名，但王济每次见到外甥都不由得颓然长叹："珠玉在侧，觉我形秽。""自惭形秽"这个成语是卫玠以自己的美貌为丰富中国的语言做出的又一大贡献。

用美貌为中国成语做出重大贡献的另一大美男是潘岳，字安仁，人称"潘安"，"貌似潘安"成为称赞男子美貌的经典评语，而男性版"东施效颦"的故事也来自潘安。据说潘安出门时，疯狂围堵的女粉丝总是将鲜花、水果、点心之类的东西抛到他的车上，因此他每次出门都能满载而归。当然，那时也不是所有的人都能长成像卫玠、潘安那样的帅哥，也有颜值不高的男子。例如左思容貌绝丑，却也羡慕潘安的风光，很想效仿他的"不劳而获"，于是也乘车在大街上"遨游"，可惜女性朋友们不买他的账，纷纷往他的车上吐口水、扔垃圾，可怜的左思只能满载唾沫、垃圾而归。

好在魏晋虽然美男如云，但那也是一个看重才华而不仅仅是颜值当道的时代。左思虽然丑，却身负高才，既然不能靠脸吃饭，那么还是靠知识来改变命运吧。左思是西晋时期的临淄（今山东淄博）人，他有一个妹妹左芬，和哥哥左思一样才高八斗、出口成章。连当时的皇帝晋武帝都听说了她的才名，将她纳为妃子，封为"修仪"。晋武帝本来是一个挺好色的皇帝，后宫佳丽上万，但左芬从来不屑于凭借美貌去争宠，因为晋武帝看重的是她的才华，凡是有特别的日子或者特别的活动，晋武帝一定会请左芬赋诗作文，因此，尽管左芬长得也很丑，而且还体弱多病，却颇得晋武帝的敬重。

因为左芬获宠的原因，左思也从老家来到了西晋的都城洛阳。不过左思并不愿意靠着妹妹的关系"走后门"博取功名，他长相丑又不善于与人交往，于是闭门读书、写作，家中到处都放着纸笔，连厕所都不例外，随时有了灵感或者妙句，随时就能记录下来，如此呕心沥血整整十年时间，终于写成了一篇《三都赋》。所谓"三都"实指魏、蜀汉、吴三国的国都，将三个国家的景色、风物描写得十分出色，洋洋洒洒上万字。《三都赋》完稿之后，左思带着自己的作品拜访了当时的文坛前辈皇甫谧，皇甫谧一读之下叹为观止，欣然为《三都赋》写了一篇序，极尽赞美之辞。因为皇甫谧的极力推崇，紧接着不少文坛著名人物都撰文夸奖左思的文才。于是洛阳的有钱人家和读书人家都争相传抄他的《三都赋》，竟然导致洛阳的纸张都被抢购一空，纸价高涨，"洛阳纸贵"成为一时佳话。

当时还有一位大才子陆机初到洛阳，本来也想要写一篇《三都赋》，后来听说一个叫左思的无名之辈居然也敢写这么难的赋，他不由得哈哈

大笑，还写信给弟弟陆云嘲笑左思说："这里来了个不知天高地厚的乡巴佬，居然敢抢在我前面写《三都赋》，等他写完之后，恐怕只能用来当酒坛的盖子。"可是等陆机读完左思的《三都赋》之后，也大为惊叹，认为即便是自己来写，水平也不可能超过左思了，于是彻底打消了再写一篇《三都赋》的念头。

一篇《三都赋》让左思一举成名天下知，但是左思写得最好的还是他的《咏史八首》诗，其中第二首这样写道：

郁郁涧底松，离离山上苗。以彼径寸茎，荫此百尺条。世胄蹑高位，英俊沉下僚。地势使之然，由来非一朝。金张藉旧业，七叶珥汉貂。冯公岂不伟，白首不见招。

长在山涧底下的松树虽然郁郁苍苍，长百余尺，可是这么高大挺拔的松树竟然被长在山顶的一寸来粗的小树苗给遮盖住了，这是何等的不公平！原来在这首诗中，左思是将那些出身贫寒却有才有德的贤士比喻为长在山底的巨松，而那些出身贵族门第的平庸子弟则好比是长在山顶上的小树苗，虽然既无才又无德，可因为出身好就霸占了高位，贫寒子弟却几乎永无出头之日。这其实是对社会现实非常辛辣的讽刺。

在魏晋时代，选拔人才主要看门第而不是才能，造成了那些门阀世族代代相传，贫寒子弟却只能终身沉沦下僚，被人看不起。左思愤愤不平地批判这样的社会风气，并且毫不掩饰地指出这样不平等的现状由来已久，冰冻三尺非一日之寒。"金张藉旧业，七叶珥汉貂。冯公岂不伟，白首不见招。"诗的最后四句用到了几个著名的历史人物的典故，金是汉代金日磾家族，张是汉代张汤家族，这两家的子孙都是倚仗祖先建立的功业世袭爵位，历经七代皇帝始终家族煊赫，位极人臣。七叶就是七代，"珥汉貂"指的是汉代侍中等高官在帽子旁边插着貂尾作为装饰品，是身份高贵的象征。与之相反的是，汉文帝时候的冯唐才德出众，可是就因为出身门第不高，一直到老也没能做什么高官。很显然，左思的诗歌名为"咏史"，其实是借古讽今，对不平等不合理的社会现状进行大胆的批判。

左思天生丑陋而且说话结巴，小的时候父亲想培养他学点才艺弹弹琴什么的，可是他学啥都学不会，连他父亲都摇头叹息："这个孩子的智商不行，比我当年差远了。"可是左思并没有自暴自弃，而是从此开始发奋读书，他那种积极向上的人生态度、自尊自信的人格魅力终于让他成为一代杰出的文学家，文学史上"左思风力"就是对左思才华、风骨的高度评价。

郁郁涧底松，离离山上苗。

以彼径寸茎，荫此百尺条。

世胄蹑高位，英俊沉下僚。

地势使之然，由来非一朝。

金张藉旧业，七叶珥汉貂¹。

冯公岂不伟，白首不见招。

（左思《咏史八首》其二）

注释：

1.珥汉貂：珥，义为插、戴。汉代侍中官员的帽子上插着貂鼠尾作为饰品。此处引申义为官居高位。

复得返自然——陶渊明《归园田居五首》其一

公元 405 年（东晋晋安帝义熙元年）十一月的一天傍晚，在江西九江彭泽县衙的内室里，忙完公务的县令陶渊明像往常一样，穿着宽松的家居常服，随意地披散着头发，悠闲地踱着方步，捻着胡须摇头晃脑，正投入地吟诵着他刚写好的诗作。内室虽然狭窄拥挤了一点，但他丝毫不以为意，似乎已经进入了一个浑然忘我的境界。

正在这时，县衙的一名小吏慌慌张张、跌跌撞撞冲了进来："大人！"县令大人还沉浸在他的诗歌世界里，没有听到小吏的喊声。小吏无奈，只好又提高了声音，急急地报告："大人！大人！有急事禀报！"

陶渊明这才好像从另外一个世界清醒过来，看到小吏一脸惊慌的神色，他不慌不忙地问："慌什么？什么事？"

"陶大人，郡守大人派遣督邮到我们县来检查，据说已经到了县里的驿馆了。"小吏喘着气回答。

"知道了，不就是这么点小事吗，你慌什么？我们现在过去迎接便是。"陶渊明说完放下诗卷，准备走出内室。

其实，在出任彭泽县令之前，陶渊明也当过几任小官吏，可是动荡的社会、黑暗的官场、琐碎的吏职都让他不堪忍受，他既看不到实现治

119

国理想的前途，又不愿意随波逐流，与人同流合污，于是几次辞官归隐。

他原本以为这次担任彭泽县令，作为一个地方的父母官，总可以做点好事，造福一方了吧，可是没想到几个月来，这种迎来送往的官场应酬消耗着他的时间，也消磨着他的意志。他内心叹着气，却也不得不无奈地迈出脚步。

"大人，大人，您这样穿着便服去可不行。"小吏慌张地紧赶几步，拦在陶渊明面前。小吏可能觉得陶渊明今年八月份才上任的，到现在当县令才两个多月，以为他还有很多基本的"规矩"没弄清楚呢，于是小声提醒道："大人，督邮大人是郡太守派来的上级长官，您得穿好官服、束上带子，备好礼品了才能去迎接，否则督邮大人说您不尊重他，一生气到太守那里去告您的状，那您可就有得苦头吃了！"

"什么？这样的奸佞小人，也要我奴颜婢膝地去行拜见之礼？"眼看着县令大人脸色都变了，小吏不敢再说话，只是拼命点点头，表示非这样不可，一边还捧上准备好的官服官帽，请陶渊明更衣。

陶渊明看着小吏吓得战战兢兢的样子，不由得长叹了一口气，心想：这位督邮大人在本郡早已是臭名远扬，谁都知道他仗着是奉太守之命巡察各地，每到一处都是耀武扬威，到处搜刮民财，不可一世。可是，彭泽县并不富裕，我本人更是一贫如洗，拿什么去侍奉这位贪得无厌的督邮大人呢？难道当一方父母官，主要工作不是帮老百姓解决苦难，而是一天到晚赔着笑脸、恭恭敬敬地伺候上司吗？

陶渊明一边想着，一边又是一声长叹："罢了罢了，看来我天生就不是当官的料。我怎么可能为了五斗米的区区官俸，就去向那种小人打躬作揖呢！不干了，我还是回家种地去！"说完，他转身把身上的官印取下来交给小吏，并吩咐差役收拾行李，打算明日一早回老家去。

就这样，陶渊明这年八月被任命为彭泽县令[1]，十一月就主动挂冠，以程氏妹去世奔丧为理由辞去了仅仅上任八十多天的官职，也结束了他一生中最后一次出仕，回到老家浔阳柴桑（今江西九江），当了一名真正的"田园诗人"。

从此，陶渊明再也不接受任何官府的征召，与他朝夕相处的就是山水田园、父老乡邻，日出而作，日落而息，虽然辛苦，却也自由自在，了无挂碍。春天到了，他起早摸黑，带领妻儿童仆去南山（即庐山）下开荒、耕种。每天早上太阳刚探出头来，他就和家人下地干活了——他在前面耕田，妻子翟氏在后面播种，孩子们虽小，却也要帮着砍柴挑水。农活很累，他的心情却很轻快，更难得的是，妻子和他志同道合，并没有一句埋怨的话。

陶渊明不只是一个辛勤耕耘的农民，更是一个乐天知命的诗人，他归隐之后写下了《归园田居五首》诗，其中第一首大约就是写于归隐后的第二年，也就是晋安帝义熙二年（406年）春天：

少无适俗韵，性本爱丘山。误落尘网中，一去三十年。羁鸟恋旧林，池鱼思故渊。开荒南野际，守拙归园田。方宅十余亩，草屋八九间。榆柳荫后檐，桃李罗堂前。暧暧远人村，依依墟里烟。狗吠深巷中，鸡鸣桑树颠。户庭无尘杂，虚室有余闲。久在樊笼里，复得返自然。

这是《陶渊明集》中的经典名篇，既生动地描绘了春天农村的自然风景，又寄托了诗人自己回归自然的欢喜心态。"园田居"是陶渊明在庐山附近的居所，他在第一次出仕前应该就住在这里。辞去彭泽县令后又重返园田居，陶渊明心情是无比轻松喜悦的："少无适俗韵，性本爱丘山。误落尘网中，一去三十年。"陶渊明自称自己是从小就不习惯迎合世俗的趣味，尤其是官场上那种阳奉阴违、投机取巧，他学不会也根本不想学，倒是天性中对山川田园有着本能的喜爱。可是身不由己地"误落尘网中"，进退两难竟然白白耗费了这么多年的大好光阴。[2]

这四句诗既展现了陶渊明清高脱俗的本性，又真实地流露了他对于

前半生混迹官场的后悔之意。"羁鸟恋旧林，池鱼思故渊。"他就像被关在笼子里的鸟儿，就像被囚禁在小池子里的鱼儿，终于可以回到日思夜想的树林里、深水潭里去了。这两句诗其实并不只是表达陶渊明对故乡的思念，更是在强调他对自由的热切向往。

　　和官场上的迎来送往、卑躬屈膝不同，田园生活虽然辛苦，却是那么单纯自然。就这样，陶渊明在寒冷的冬天辞别深深厌倦的官场，却在田间迎来了他期盼已久的春天。他有方圆十来亩并不肥沃的土地，八九间简陋的茅草屋，屋前屋后环绕着桃树、李树、榆树、柳树，一到春天都开始发芽、开花，绿树成荫，桃李争妍，春风吹过，送来阵阵花香、草香、木香，真是让人身心都无比舒泰。

　　每当夕阳西下的时候，远处的村落里可以隐约看到炊烟袅袅升起，农家的鸡啊、狗啊，都欢快地叫着，[3]给宁静的小乡村增添了几分生气。勤劳的农妇总是把庭院、房间打扫得一尘不染："户庭无尘杂，虚室有余闲。"这两句诗表面上看是写农家小院和房舍的干净整洁，其实也象征着田园生活摆脱了官场上的无聊应酬，远离了尘俗杂事，又重返诗人向往的宁静和悠闲。"久在樊笼里，复得返自然。"官场就是他厌倦已久、渴望冲破的牢笼，他已经被囚禁得太久了，如今终于能够重返自然，尽情享受田园里美好的春天，这是何等的身心畅快。

"复得返自然"可以说是陶渊明一生追求的终极目标，"自然"当然并不仅仅指大自然，更是指内心的自然，是一种自由自在、无拘无束的人生境界，这是陶渊明一生最大的梦想，如今，他终于实现了。

少无适俗韵，性本爱丘山。

误落尘网中，一去三十年。

羁鸟恋旧林，池鱼思故渊。

开荒南野际，守拙归园田。

方宅十余亩，草屋八九间。

榆柳荫后檐，桃李罗堂前。

暖暖远人村，依依墟里烟。

狗吠深巷中，鸡鸣桑树颠。

户庭无尘杂，虚室有余闲。

久在樊笼里，复得返自然。

（陶渊明《归园田居五首》其一）

注释：

1. 关于陶渊明的卒年，一般公认为是元嘉四年（427 年），但其生年颇有争议，因此陶渊明卒时的岁数说法不一，有六十三岁说、七十六岁说、五十一岁说、五十六岁说、五十二岁说等，故而陶渊明辞去彭泽县令的年龄亦有不同说法，最大的认为是五十四岁，最小的是二十九岁。袁行霈《陶渊明研究》中《陶渊明享年考辨》一文取七十六岁说，则陶渊明辞去彭泽县令时为五十四岁。李锦全著《陶潜评传》取六十三岁说（第 62-64 页，南京大学出版社，2011 年），则陶渊明辞去彭泽县令时为四十一岁。

2. 不少学者认为"三十年"应为"十三年"之误。若取七十六岁说，归隐时为五十四岁，则三十为取整的实数。

3. 汉乐府《鸡鸣》："鸡鸣高树颠，狗吠深宫中。"

123

采菊东篱下——陶渊明《饮酒二十首》其五

公元 405 年（东晋晋安帝义熙元年）十一月，陶渊明辞去了仅仅上任八十多天的彭泽县令的职务，也结束了他一生中最后一次出仕，隐居在老家浔阳柴桑（今江西九江），当了一名真正的"田园诗人"。

然而隐居田园的生活并不是人人都能够忍受的。田园生活你远远地看看，确实很具有观赏价值，青山绿水啊，袅袅炊烟啊，依依垂柳啊，艳艳桃李啊，甚至夕阳余晖中扛着农具三三两两收工回家的农夫啊，都好像是一幅清新美丽的水墨画，美不胜收，感觉农民生活真是悠闲自在啊。可是你真去当当农民，还会觉得农村真的有那么美、那么悠闲自在吗？

那就未必了。还是来看看陶渊明真的当上农民以后的真实生活吧。他辞职归隐之后的生活一言以蔽之，就是一个字：穷。他穷到什么程度呢？我们从三个角度来看看。

首先，家庭人口众多。陶渊明自己有五个儿子，而且貌似五个儿子都不聪明，大儿子到了十六岁还不知道用功，二儿子到了十五岁也不肯好好读书，三儿子、四儿子都十三岁了，不知道是双胞胎还是异母所生，反正两个十三岁的少年还算不清 6+7 等于多少。十三岁还不会算数，恐怕就不只是不聪明那么简单了，很让人怀疑他这几个儿子智商是不是有问题。最小的儿子九岁了，成天只知道好吃懒做……要养大五个这样的儿子，可想而知，陶渊明养家糊口的负担有多重。

其次，不幸遭遇火灾。就在陶渊明辞职归隐后的第四年，也就是晋安帝义熙四年（408年）六月，一场大火烧掉了他的茅草房，一间完整的屋子都没给他留下，他只好把船翻转过来，搭建起临时的住所，权且遮风挡雨。这场火灾让贫穷的家庭更是雪上加霜。

第三，经常忍饥挨饿。陶渊明小的时候家里就很穷，到老了更是连温饱都成了一种奢侈，不要说有鱼有肉，连粗粮都是吃了上顿没下顿。作为一家之长，让家人在贫困线上挣扎，陶渊明内心是颇为自责的。他曾在给儿子的信中写道："汝辈稚小家贫，每役柴水之劳，何时可免，念之在心，若何可言。"（《与子俨等疏》）

孩子们不得不跟着他忍受贫寒，从小就要承担较为繁重的田间劳动和家务活儿，打柴挑水都得自己干，每每想起这些，他的内心也常常充满愧疚之情。而陶渊明"任性"地辞官归隐，也让孩子们陷入了更加困苦的境地。如果说，陶渊明自己是一个"忧道不忧贫"的真正隐士，能够豁达地看待贫穷，真正做到了安贫乐道，那么作为一位慈父，也许唯一不能让他释怀的，就是没有给儿子们提供一个宽裕的成长环境。

陶渊明还有一个众所周知的嗜好：饮酒。酿酒需要粮食，可常常连肚子都填不饱的陶渊明，想喝酒的时候也真够痛苦。好在家里虽然穷，陶渊明的人缘却非常好，上至地方官员、下至邻家老农，都仰慕他的才华和人品，常常带着酒壶来拜访他。有时候一大清早听到敲门声，陶渊明衣服都没来得及穿整齐就匆匆跑去开门，原来是同村的老农带来一壶酒。陶渊明很喜欢和邻里乡亲这样相对欢饮，聊聊天气，也聊聊世道人情，充满着无拘无束的田园野趣。

陶渊明有一个至交好友颜延之，颜延之是晋宋时期非常有名的文学家，和谢灵运并称"颜谢"，诗歌文章都写得相当漂亮。颜延之在江州任后军功曹的时候，与隐居的陶渊明来往十分亲密；到后来，颜延之又当了始安郡太守，经过浔阳的时候，几乎天天要去拜访陶渊明，每次两人都是"酣饮致醉"。临走时，他专门留下两万钱，陶渊明将这两万钱全部送到酒家里存起来，这就相当于我们在饭店办一张两万块的"充值卡"，每次去消费的时候就从这张"充值卡"里扣钱就行了。

在陶渊明心目中，人没有贵贱之别，只有善恶之分。虽然家里穷，但只要有性情相投的客人上门拜访，他都会倾其所有地款待客人。如果不小心自己先喝醉了，他就对客人说："我醉欲眠卿可去。""我醉了，想睡觉，您先请回吧。"也不管那个客人是普通的农民邻居，还是显赫的达官贵人，他都一视同仁，不卑不亢。

关于陶渊明的这种率真和任性，还有两个被广为传颂的小故事。有一次，郡将来请陶渊明，正好碰上陶渊明自酿的酒熟了，陶渊明就摘下头上戴的葛巾滤酒，过滤完后又将头巾戴到头上，丝毫不在意一旁等候了许久的官员。这份洒脱率性大概也只有陶渊明才能做得出来。

江州刺史王弘久仰陶渊明的大名，很想结识他。王弘恰恰是那种身份极为高贵的名门世族，他是东晋著名丞相王导的曾孙，多少人想巴结他都找不到门道，可偏偏这个傲气任性的陶渊明，对名门权贵毫不在意，王弘多次派人间接表达了想要结交陶渊明的愿望，都被陶渊明不冷不热地回绝了。直到有一回，陶渊明要去庐山，王弘事先得知了这个消息，便暗中派了陶渊明熟悉的一个老朋友等在半道上，当然还带上了全套酒具和美酒，陶渊明一见老朋友，自然是惊喜莫名，当即和老友对饮起来。酒至半酣，王弘这才现身，陶渊明这时也不以为意，于是一起开怀畅饮，尽欢而散。陶渊明从此也就认了王弘这个朋友。有一年九月九日重阳节，正是要登高望远、赏菊饮酒的时候，可偏偏陶渊明家里又没有酒了，只好一个人百无聊赖地踱出家门，在家门口附近的菊花丛里呆呆地坐着，

126

这时突然来了一个身穿白衣的人，说是王弘派来送酒的使者，陶渊明心中的郁闷顿时一扫而空，接过酒来就开喝，这才过了一个痛快淋漓的重阳节。

葛巾漉酒、白衣送酒这两个小故事，表现的其实就是陶渊明那种率真洒脱的个性，那种虽不富裕却无所谓贵贱等级差别的交往方式，大约这也反映了他所喜爱的回归自然的自由状态。正是这种自由、自在、自然的隐士生活，才让陶渊明从来不曾后悔当初辞官归隐的任性，也让他此后数次坚决谢绝当局者对他的征召：自从辞去彭泽县令归隐田园之后，他还曾被征为著作佐郎等官职，可陶渊明丝毫不为所动，安心地感受着从一个读书人、知识分子向农民、向田园诗人的转型。也许从古至今，再没有一个伟大的诗人能够像陶渊明这样，身兼"农民"和"诗人"的双重身份，亲身感受着田园间春种秋收、寒暑冷热的季节变化了。二十首《饮

酒》诗便是陶渊明归隐之后的经典作品，其中第五首尤为脍炙人口：

结庐在人境，而无车马喧。问君何能尔？心远地自偏。采菊东篱下，悠然见南山。山气日夕佳，飞鸟相与还。此中有真意，欲辨已忘言。

虽然陶渊明居住的地方也是村民聚居的地方，少不了人来人往，但并没有官场上那些虚伪的应酬，也听不到达官贵人车马的喧嚣声。之所以能做到如此淡泊，是因为陶渊明的心性淳朴，不爱慕虚荣、不追逐名利。因此，他才能够在天高气爽的秋天，在院子里悠闲地采摘着菊花，不经意一抬头，不远处的南山映入眼帘，仿佛和诗人一样悠然自得。黄昏的时候，夕阳余晖披洒在山峰上，鸟儿也成群结队飞回自己的小窝。这样宁静、美丽的景色，让诗人由衷感受到人生的真谛其实不在追名逐利，而是回归本心，回归自然，在精神的自由中感受到生命丰富的内涵。

结庐在人境，而无车马喧。

问君何能尔？心远地自偏。

采菊东篱下，悠然见南山。

山气日夕佳，飞鸟相与还。

此中有真意，欲辨已忘言。

（陶渊明《饮酒二十首》其五）

自古圣贤尽贫贱——鲍照《拟行路难十八首》其六

南朝宋元嘉十六年（439 年）的一天，在江州（今江西抚州）刺史的官邸门口，一早便来了一位二十多岁的青年人，他背着简单的行囊，衣着朴素甚至可以说是有些寒酸，明显风尘仆仆的样子也掩饰不住他面容的俊朗和身形的挺拔。也许是江州刺史官邸的宏伟肃穆让他感到了一点徘徊：确实，此时担任江州刺史的并不是一般的官员，而是一个赫赫有名的皇室贵胄——刘义庆。刘义庆是南朝宋开国皇帝宋武帝刘裕的侄子，是当朝皇帝宋文帝刘义隆的堂弟，自幼便深受宋武帝的赏识，十三岁的时候就袭封南郡公，后来又袭封临川王。宋武帝曾经毫不掩饰地赞扬他说："此吾家丰城也。""丰城剑"是天下名剑龙泉剑、太阿剑的代称，因为出土于丰城，故名，后代也用"丰城剑"来赞美光彩四射的杰出人才。

因为出身高贵又颇有才干，刘义庆的仕途一帆风顺，他曾担任过秘书监一职，有大把的时间接触、学习珍贵的皇家典籍，奠定了十分坚实的文学基础。尽管出身富贵之家，刘义庆平时的生活却极其简朴，没有任何不良嗜好，工作之余，他最大的爱好便是与读书人畅谈文学，潜心创作。一时间，远近的读书人都慕名而来，希望拜见刘义庆，进而获得文学和仕途的发展平台。围绕在刘义庆的周围，也形成了一个当时著名的文学团体。

元嘉十六年（439年）赶来的这位青年人，名字叫鲍照，字明远，本是东海（今属山东临沂）人，是一个极具文学才华和潜力的读书人。可惜的是，南朝选拔人才讲究的不是个人才能，而是出身门第。只要出身于豪门贵族，哪怕才具平庸也能平步青云；反之，如果是贫寒子弟，那么无论怎样发奋努力，可能终其一生都只能沉沦下僚。鲍照的出身便是比较寒微，直到二十五岁仍然没有取得任何事业上的进展。他左思右想，终于做出一个重要决定：带上平生最得意的作品，认认真真誊写整理好，前去拜谒慕名已久的刘义庆，希望能够得到刘义庆的赏识。

鲍照一路跋山涉水，好不容易来到江州，鼓足了勇气敲响刘义庆的大门，可是这一回连主人的面都没有见到。因为看门人看了看鲍照寒酸的打扮，不屑地对他说："你的身份这么卑微，怎么可以轻易去冒犯我们大王呢。"鲍照虽然地位低下，志气却很高，当即愤然答道："千百年以来的英才异士被淹没在人群中默默无闻的人，数都数不清。男子汉大丈夫，应该顶天立地，怎么能良莠不分、好歹不辨，一天到晚碌碌无为，终日跟燕子麻雀之流为伍呢！"

也是奇怪，这番脾气一发，鲍照倒是让人刮目相看了：这个年轻人真的是人穷志不短啊！临川王很快就听说了这个与众不同的拜谒者，对这个"穷小子"产生了一点好奇心，于是他吩咐手下将鲍照请了进来。即便是在高贵的临川王面前，鲍照也表现得不卑不亢，他呈上了他的诗作，并且与刘义庆畅谈了一番。刘义庆是何等人物，他自身文学功底深厚，身边又聚集着一个当时最为优秀的文学群体，阅人无数，自然是慧眼识珠，对鲍照的才华大为叹赏，惊为奇人，马上就赐帛二十匹，很快又将他提拔为国侍郎。

有趣的是，鲍照有一个妹妹叫鲍令晖，也是名重一时的才女，尤其擅长写言情诗。鲍照曾经说过："我的妹妹才华比不上左芬，而我的才华又比不上左思。"左思、左芬是西晋文坛上著名的兄妹文学家，因此鲍照这番比较看上去貌似很谦虚，但他敢将自己兄妹和左思兄妹相比，实质上是非常自豪的。

作为一位出身贫寒、仕途坎坷的大才子，鲍照有着刚毅的性格、积极向上的人生态度。在他呈献给刘义庆的诗作中，很可能就包含了他的代表作《拟行路难十八首》，其中第六首便对那个时代不公平的门阀制度提出了公开的批判：

对案不能食，拔剑击柱长叹息。丈夫生世会几时，安能蹀躞垂羽翼？弃置罢官去，还家自休息。朝出与亲辞，暮还在亲侧。弄儿床前戏，看妇机中织。自古圣贤尽贫贱，何况我辈孤且直。

当诗人因为卑微的门第出身而饱受世人白眼、仕途备受压抑的时候，他也曾痛苦过，然而他的痛苦不是一种消极的逃避，而是"拔剑击柱长叹息"，将满腔愤怒用一种极为愤慨、激越的形式爆发出来。男子汉大丈夫本来应该迈开大步向前奔跑，展开双翅尽情飞翔，怎么能够胆小怕事、犹豫徘徊、畏畏缩缩呢？你们那些凭借着高贵门第霸占着高位的权贵们，即使你们不让我们这些贫寒士子有出头之日，那也没关系，我罢了官，回到家，还能和亲人共享天伦之乐，可以孝顺父母双亲，可以哄着孩子愉快地玩耍，可以陪着妻子织布做家务。大丈夫也能屈能伸，进则大展宏图之志，退则营造温馨的家庭氛围。但是唯一不变的是，不能为了追逐所谓的功名利禄而放弃自己做人的原则，放弃自己的一身傲骨。你没看到自古以来那些圣人贤者都是出身贫贱的吗？何况像我这样的人绝对不肯卑躬屈膝、低下我高贵的头颅屈服于权贵的压制。

贫寒却能坚守气节，这是鲍照人格的闪光之处；文采潇洒俊逸，这是鲍照文学的独特风格。因为这样的风骨和才华，鲍照也赢得了众多粉丝，其中就包括了李白。李白的很多诗篇明显有模仿鲍照的痕迹，例如

李白也写过一组《行路难》诗，其中"停杯投箸不能食，拔剑四顾心茫然"的句子和鲍照"对案不能食，拔剑击柱长叹息"是何其相似。难怪杜甫还要夸奖李白的诗是"俊逸鲍参军"（《春日忆李白》）呢，鲍照当过参军的官职，而潇洒飘逸、孤高自许的李白也确实堪称鲍照的隔代知音。

对案不能食，拔剑击柱长叹息。

丈夫生世会几时，安能蹀躞[1]垂羽翼？

弃置罢官去，还家自休息。

朝出与亲辞，暮还在亲侧。

弄儿床前戏，看妇机中织。

自古圣贤尽贫贱，何况我辈孤且直。

（鲍照《拟行路难十八首》其六）

注释：

1. 蹀躞：[dié xiè] 小步走路的样子。

132

谁为表予心——骆宾王《在狱咏蝉》

公元 684 年，皇太后武则天将唐中宗李显废黜为庐陵王，改立李旦为皇帝，这就是历史上的唐睿宗，武则天临朝听政，一应朝政大事全部由武则天决断，而新皇帝李旦被软禁在宫中，不得参与朝政。武则天大权独揽，李唐皇室的地位岌岌可危。那些一心维护李氏帝王地位的大臣忧心如焚，九月，英国公徐敬业在扬州率先起兵，反对武氏专权。

徐敬业是唐朝开国功臣徐世勣的孙子，这次起兵反叛，兵力很快达到十余万人；不过最引人注目的还不是徐敬业的军队有多么浩大的声势，而是徐敬业公开发布的一篇讨伐武则天的檄文，一夜之间传遍天下，这就是著名的《讨武氏檄文》，又称《代徐敬业传檄天下文》。檄文的作者，正是当时在徐敬业军中效力的艺文令骆宾王。

首先，檄文公开历数了武则天的"滔天罪行"：武氏出身卑贱，依靠美色诱惑皇帝，狐媚惑主，秽乱宫闱，而且悍妒成性，以极为卑劣的手段陷害王皇后，屠杀忠良，连自己的亲生子女都不放过，导致李唐皇室子弟人丁凋零，实在是人神同嫉，天地不容。

其次，檄文对徐敬业起兵反叛的正义性大加吹捧。徐敬业出自李唐

133

皇室世代忠臣之家，世受皇恩，有安天下社稷之雄心，匡复李唐皇朝之壮志，是中兴皇室的不二功臣。

最后，檄文大力宣扬徐敬业大军的气势，号召天下兵马都汇集到徐敬业麾下来，共同推翻武则天的统治，还政于李氏，恢复李唐旧业。

檄文义正辞严，磅礴的气势就像奔流不息的滔滔黄河，令人叹为观止。于是，骆宾王的这篇《讨武氏檄文》和徐敬业叛军的声势一起，很快就传到了武则天面前。当时武则天正好得了重感冒，卧病在床，自己懒得亲自看，就命令内侍将这篇檄文读给自己听。可是内侍才读了几句，就支支吾吾不敢读下去了。他还偷偷瞟了武则天一眼，生怕得罪了武则天。

武则天一看内侍那畏畏缩缩的样子，笑着说："怎么了？不敢读了？你怕什么呀，这篇东西又不是你写的，你只管读就是了，保证不会降罪于你的。"

内侍这才壮着胆子继续读下去。刚开始的时候，武则天还很平静，可是读着读着，她的脸上时不时露出一丝冷笑；最后，当内侍读到"一抔之土未干，六尺之孤安在"的句子时，躺在床上的武则天突然"腾"地坐了起来，精气神也瞬间爆发出来："写文章的这个家伙是谁？"

内侍一看武则天反应这么强烈，吓得扑通跪倒在地，一边磕头如捣蒜，一边颤抖着回答："是……是一个叫骆宾王的人写的。"

武则天停顿了几秒钟，很不高兴地说："这人才华如此之高，却没有被朝廷重用，这实在是当宰相的过错。"

原来，"一抔之土未干"指的是先皇，也就是唐高宗的陵墓。"六尺之孤安在"当然就是指唐高宗的皇子们，如今死的死，贬的贬，在武则天的铁腕之下噤若寒蝉。唐高宗尸骨未寒，武则天却开始一一清理他的

儿子们，为自己顺利登基清除障碍。这也是很多李唐皇室的文武大臣耿耿于怀的心结，因此，骆宾王使用这样声情并茂的句子，一方面痛斥武则天的罪行，一方面又极大地激发了李唐旧臣思念先皇的深厚感情。

一篇痛骂武则天的战斗檄文居然治好了武则天的重感冒，也算是一桩奇闻，不过这也从一个侧面反映了武则天爱才的气量。武则天很快调遣了三十万大军平叛，还吩咐下去："一定要活捉骆宾王，不要伤他性命。"

仅仅三个月的时间，在朝廷大军的围剿下，徐敬业兵败如山倒，骆宾王却遍寻不见，不知去向，有人说他战死在军中，也有人说他出家为僧，隐居在山寺之中，再不问世事。

骆宾王，这位站在武则天对立面、却又被武则天称赏不已的大才子，从此成了一个神秘的传说。

其实，武则天可能忘记了：骆宾王早在高宗时期就在朝中担任侍御史的官职，他的个性耿直激切，眼里容不得沙子，看到啥不平事都要秉笔直书，直言进谏，因此得罪了不少人，被诬告为贪赃枉法，于高宗仪凤三年（678年）被捕下狱。在狱中，骆宾王写过一首有名的《在狱咏蝉》诗：

西陆蝉声唱，南冠客思侵。那堪玄鬓影，来对白头吟。

露重飞难进，风多响易沉。无人信高洁，谁为表予心。

"西陆"是指秋天，"南冠"即囚徒。秋天的蝉鸣声听来分外悲切，令蒙冤入狱的骆宾王陷入了深深的沉思。秋蝉乌黑的鬓影，映衬出自己的萧疏白发，更令人感到触目惊心。当时武则天还是高宗的皇后，也是朝廷实权的掌握者，为了巩固自己的权力，武后一度信任酷吏。在狱中的骆宾王备受酷吏的折磨，而这时，骆宾王的好朋友王勃溺水身亡的死讯又传到了狱中，让骆宾王低沉的情绪更是如同雪上加霜。高墙深院的监狱，只有秋蝉"知了、知了"的鸣叫一声声传进来，仿佛是诗人此时唯一的知音。然而秋天的气候日益寒冷，露重风急，蝉的生命经受着严酷的环境考验，这和诗人自己的处境多么相似！"露重飞难进，风多响易沉。无人信高洁，谁为表予心。"最后四句，看上去是写蝉，其实句句是借咏蝉写诗人自己，政治环境如此恶劣，酷吏一手遮天，谁会相信我高洁的品格，谁又能帮我表白这一片清白忠诚的心意呢！在这里，蝉和诗人完全融为了一体，仿佛蝉在为"我"的冤屈而高鸣，而"我"在为秋蝉在严酷环境中的意志而感动，这正是骆宾王这首《在狱咏蝉》诗的高妙之处。

也许，在中国，连刚开始牙牙学语的小孩子都会朗诵骆宾王的《咏鹅》

诗：

"鹅鹅鹅，曲项向天歌。白毛浮绿水，红掌拨清波。"写这首诗的时候，骆宾王还只有七岁，却早已表现出观察细腻、善于描绘的神童素质；而当他经历了世事磨难之后，《在狱咏蝉》诗又成为了他坚守气节、不肯屈服的自我写照。

西陆蝉声唱，南冠客思侵。

那堪玄鬓影，来对白头吟。

露重飞难进，风多响易沉。

无人信高洁，谁为表予心。

（骆宾王《在狱咏蝉》）

名花倾国两相欢——李白《清平调词》三首

　　唐天宝元年（742年），四十二岁的李白奉唐玄宗诏令，来到京城长安。此前，唐玄宗李隆基的同胞妹妹玉真公主因曾与李白交游，非常赏识他的才华，向哥哥唐玄宗隆重推荐了他，于是唐玄宗下诏让李白入京面圣。

　　一纸诏书让李白欣喜若狂，多年来郁积于胸不得志的失落，此刻终于一扫而光。他"仰天大笑出门去"，快马加鞭来到京城长安。

　　唐玄宗一见李白，果然是仪表堂堂，神清气朗，风度翩然，恍若神仙下凡。尤其是那双眼睛，炯炯有神，如星光般灿烂。都说眼睛是心灵的窗户，从那双晶莹透亮的眼睛就可以看出内心的高洁与纯净。唐玄宗心里暗暗称赏：看来妹妹玉真公主所言不虚。于是玄宗诏赐李白为翰林待诏，也称翰林供奉。李白从此成为皇帝身边颇受信任的文学侍从。不过，李白虽然成为了天子近臣，狂傲不羁的性格却丝毫未曾改变。玄宗身边有一位太监高力士，是玄宗最贴身的侍从也是玄宗最宠信的人。无论是皇室贵胄还是朝廷重臣，都对这位高力士很是敬畏，可是李白却没有把他放在眼里。

　　有一次，玄宗又召来李白，请他草拟一份重要的外交文件。当时李白一抬眼看到高力士侍立一旁，不由得想着：这家伙平时背着皇帝耀武扬威，玩弄权术，在皇帝面前却表演得毕恭毕敬，谦卑有礼。我得好好教训他一下。这么一想，李白就佯装醉意朦胧，抬起脚，对高力士说道："来，你来帮我把靴子脱了。"高力士一愣：自己是什么身份？全天下只有皇帝才有资格命令我，连宰相都不敢对我吆三喝四，你李白算什么？竟然如此狂妄！

高力士心里这么想着，脸上却不动声色，只是眼睛悄悄看向唐玄宗。没想到唐玄宗没有发话阻止，说明是默许了。如果自己不去给李白脱鞋，那就等于是违抗圣旨。他只好强作平静，压抑着内心一千个、一万个不情愿，红着脸帮李白脱去靴子。李白这才起身，正眼都不瞧高力士一下，接过笔，一挥而就。

第二年春天，宫殿里的牡丹花盛开，其中有几款特别珍稀的品种，甚是好看。唐玄宗携着最心爱的贵妃杨玉环一起来到兴庆宫沉香亭饮酒赏花。牡丹雍容华贵，向来有"花王"之美称；而贵妃也是花容月貌，风情万种。玄宗一向很有文艺范儿，此刻身边是天下第一美人，眼前是天下第一名花，岂能没有美妙的音乐来锦上添花？身旁最有名的宫廷歌手李龟年拿起檀板刚要开腔，玄宗止住了他，玄宗嫌那些老掉牙的曲子听腻了，传诏让李白赶紧来填制新歌词。

李龟年和小太监四处寻找，好不容易在长安的酒家里找到李白，那时，李白正和一帮诗友饮酒谈天，喝醉了，还在睡大觉呢。可是皇帝的指令不敢不从，李龟年和小太监将李白扶到沉香亭，见到皇帝，李白的酒意还未完全醒，心情大好的玄宗也未见怪，满面带笑地让他赶紧写出新歌词。于是，李白在醉意朦胧中挥毫泼墨，写下了著名的三首《清平调词》：

云想衣裳花想容，春风拂槛露华浓。若非群玉山头见，会向瑶台月下逢。

品格卷 ● 气节篇

一枝红艳露凝香，云雨巫山枉断肠。借问汉宫谁得似？可怜飞燕倚新妆。

名花倾国两相欢，长得君王带笑看。解释春风无限恨，沉香亭北倚阑干。

第一首诗一边将杨贵妃比作花中之王的牡丹，见到名花，就想起了贵妃明媚的容颜；而贵妃衣裳华美，又如同彩云般簇拥着她高贵雍容的身姿。此情此景，如果不是在王母娘娘的群玉山头见到，恐怕也只有月夜的瑶台上才能看得到吧！

第二首是说贵妃像牡丹一样有娇艳动人的色泽和沁人心脾的芬芳，在贵妃的绝世容颜面前，连传说中的巫山神女可能也要自愧不如了吧！若问汉宫中的美女谁能比得上，汉代汉成帝的皇后赵飞燕还要依靠"新妆"才能将容貌示人，哪里比得上杨贵妃天生丽质呢？

第三首从仙境古人回到现实，正面写赏花的情景，绝世之名花和倾国之美人相得甚欢，能让君王的一切愁恨烦恼消失得无影无踪，他总是倚着沉香亭北的栏杆含笑观看，内心的幸福溢于言表。

拿到歌词之后，李龟年和梨园弟子当下便在玄宗和贵妃面前演唱起来，不仅皇帝频频点头称赞，贵妃也是笑容满面，对诗中的赞美之词很是受用。

可是，高力士听着李白写的这三首诗，突然一个念头冒出来：现在，为脱靴之耻"报仇"的机会来了。

原来《清平调词》第二首中有两句："借问汉宫谁得似？可怜飞燕倚新妆。"这本来是说贵妃的美貌更胜过赵飞燕，是李白在赞扬杨贵妃，杨贵妃听歌的时候也觉得很开心，后来还时常轻轻哼唱，爱不释"口"。可高力士偏偏就从这两句中"挖掘"出了李白对贵妃的大不敬！原来，赵飞燕虽然曾经也是"三千宠爱在一身"，可是据说后来行为不检点，汉平帝时赵飞燕被废为庶人后自杀，被人称作亡汉的祸水。看来喝酒真是误大事，李白一心想着拿历史上著名的美人衬托现实中的杨贵妃，可来不及深思熟虑，终于被高力士抓着了把柄。

这天，杨贵妃又在轻轻吟唱这三首诗时，高力士趁机在杨贵妃耳边进谗言道："贵妃啊贵妃！李白拿您同赵飞燕相提并论，实在是对您莫大的侮辱啊！您怎么能够容忍这样的狂妄之徒在您身边伺候呢！"

贵妃一听，这才"恍然大悟"！"赵飞燕"这个典故果然大大的不妥，会不会是李白含沙射影呢？这样一想，越想就越生气。贵妃很生气，后果很严重——唐玄宗自此也疏远了李白。本来他还打算授予李白更重要的官职，因为贵妃的阻挠也只好作罢。

玄宗对李白从极度信任到疏远，李白不是傻子，他猜到了一定是有小人中伤陷害，也敏感地意识到了处处充满勾心斗角的朝廷，实在不是

他的久留之地。心性纯良的李白，绝对不肯向高力士之流卑躬屈膝，牺牲自己的尊严来换取所谓的功名富贵。也许，像李白这样傲岸不羁、心比天高的诗人，天生就不适合复杂险恶的官场吧。于是，天宝三载（744年），他毅然决定辞官云游四方，而唐玄宗也就顺水推舟，赐他一大笔黄金，放他回家了。

李白辞职以后，继续尽情发挥着他"一生好入名山游"的爱好。有一次，李白想去攀登华山，他乘着微醺的醉意，骑着一头毛驴东倒西歪地经过华阴县县衙门口，恰好被县令看到了，县令大怒，叱问道："你是什么人？怎么一点规矩都没有？经过衙门胆敢不下来，还骑着毛驴目中无人？"李白很幽默，他也不回答自己姓甚名谁，只是不慌不忙地回答："我是什么人？告诉你吧，天子的手帕曾经给我擦过嘴巴，天子的御手亲自给我调过醒酒汤，我写字的时候杨贵妃帮我捧着砚台，高力士给我脱过靴子。天子都准我在皇宫门口骑马，你一个小小华阴县县衙门口难道不准我骑驴？"

李白干过的这些事天下人谁不知道！华阴县令一听，立即换了个脸色，堆上满脸笑容，又惊讶又羞愧地向李白赔罪："小人眼拙，居然不知道是翰林到了敝地，真是小人的罪过。"

李白也并不真的怪罪县令，只是洒脱地呵呵一笑，继续他的漫游去了。

云想衣裳花想容，

春风拂槛露华浓。

若非群玉山头见，

会向瑶台月下逢。

一枝红艳露凝香，

云雨巫山枉断肠。

借问汉宫谁得似？

可怜飞燕倚新妆。

名花倾国两相欢，

长得君王带笑看。

解释春风无限恨，

沉香亭北倚阑干。

（李白《清平调词》三首）

大庇天下寒士俱欢颜
——杜甫《茅屋为秋风所破歌》

唐玄宗天宝五载（746年），三十五岁的杜甫来到长安。第二年，唐玄宗下诏征集天下读书人凡有一技之长的，都到京师来参加选拔人才的考试。可是，当杜甫信心满满报名考试以后，权相李林甫唯恐这些来自全国各地的士子在唐玄宗面前揭露他的各种奸恶不法之事，就在考试过程中暗暗做了手脚，还对唐玄宗说："陛下圣明，天下贤才都在陛下掌握之中，以至于'野无遗贤'，民间已经没有任何遗漏的贤才了。太平盛世，国泰民安，陛下您大可高枕无忧了啊！"

李林甫这么说，唐玄宗居然也就这么信了。或者唐玄宗也未必就全信，只是他早已无心政事，多一事还不如少一事，居然就任由李林甫一手遮天了。个人的仕途连遭挫折，让杜甫被青春浪漫烧热的头脑渐渐冷静下来，而在长安几年的逗留，通过对世态的洞察，他甚至比其他人都更为清醒地意识到大唐王朝繁华表象下掩藏的种种隐忧。天宝十二载（753年），杜甫创作了著名的诗作《丽人行》，描写了阳春三月长安的繁华胜景："三月三日天气新，长安水边多丽人。"然而在美好春光的背后，隐藏的却是权相杨国忠及韩国夫人、虢国夫人、秦国夫人荒淫无度的丑恶现实。依仗着杨贵妃在宫中的专宠，杨氏兄妹在外横行霸道，盛气凌人，生活更是极尽奢华之能事。

和"炙手可热势绝伦"的杨氏兄妹形成鲜明对照的，则是老百姓生活的日益艰难困苦。天宝十三载（754年），长安秋雨霖霖，大片大片农田被淹没，饥荒遍野，可杨国忠居然还派人带了几株颗粒饱满的稻谷呈献给唐玄宗看，对皇帝说："陛下您不用担心，天命护佑大唐王朝，雨水虽然多，但是农作物并没有受到影响，老百姓还是迎来了一个丰收年。"杨国忠这么说，唐玄宗居然又这么信了，于是再没有人敢在唐玄宗面前说抗灾救灾的事儿了。杜甫无比清醒又无比痛心地看到，大唐国势已经风雨飘摇，岌岌可危。权臣当道，小人横行，这样的国家如何能够庇佑它的人民？如何能够延续它的繁华？

杜甫自己也穷得没办法养活一家大小，只能把妻儿送到奉先（今陕西蒲城）暂住。可是等到第二年底他再返回奉先探望家人时，还没进门就听到震耳欲聋的嚎啕大哭，这才知道自己最小的儿子竟然活活地饿死了！[1] 而几乎就在同时，也就是公元755年12月16日，唐玄宗天宝十四载十一月初九，平卢、范阳、河东三镇节度使安禄山在范阳（今北京）起兵叛乱，发动了持续长达七年多的安史之乱。这一重大历史事件也成了大唐王朝的转折点，叛乱平定之后的王朝，进入了藩镇割据、宦官专权、政坛乱象频生的中唐时期。

杜甫深深担忧的最坏的结果终于还是来了，随着"渔阳鼙鼓动地来"，安史之乱以最为惨痛的方式宣告了盛唐"春天"的终结。杜甫也不得不携带妻室儿女跟随着潮水般的难民开始了颠沛流离的逃难生活。经历了数年的辗转奔波，乾元二年（759年）年底，杜甫一家来到了成都，第二年春天，也就是上元元年（760年）春季，杜甫在亲朋好友的资助下，于成都的浣花溪畔修筑了一处草堂，草堂虽然简陋，可是流亡多年的杜甫一家终于有了一个可以躲避风雨的安身之所。

然而，就在这年八月，刚刚修葺好的草堂就遭遇了成都罕见的暴风骤雨。怒吼着的风声卷走了屋顶上的茅草，茅草被裹挟在旋风当中，有的挂了高高的树梢上，有的沉到了池塘里，顽皮的"熊孩子"们还趁着大风将卷走的茅草抱到竹林里去，杜甫的喉咙喊得又干又燥，可顽童们只顾自己调皮玩得开心，哪里顾得上这个老人的无奈。杜甫只能拄着拐杖，眼睁睁看着茅草被风卷走、被淘气的孩子们抱走。

　　突如其来的大风过后，乌云滚滚而来，天色一片昏暗，大雨紧接着飘泼而下。杜甫草堂的茅草屋本来就修得比较简陋，经历了这场大风，屋顶的茅草被卷走了一大半。可是屋漏偏逢连夜雨，晚上倾盆大雨下个不停，屋子里到处都漏水，用了多年的被子早已硬邦邦的像铁一样冰冷，再加上孩子睡觉不老实，两脚一踢，被子又被踢出好几个破洞。这样又硬又破的被褥，根本不能抵挡深秋冰冷的寒意。

　　自从安史之乱以来，杜甫带着一家过着朝不保夕的流浪生活，睡眠严重不足，还不满五十岁的杜甫早已是满头白发，疾病缠身。重重衰病的折磨，如影随形的沉重忧思，让本应如日中天的壮年诗人显得那么衰老、那么疲惫，这样风雨交加的漫漫长夜何时才能走到尽头呢？也许在忧国忧民的诗人杜甫眼里，风雨交加的漫漫长夜指的不仅仅是成都杜甫草堂的这个风雨之夜，更是指在风雨飘摇中国运衰落的大唐王朝吧。

　　这一个大风大雨的不眠之夜，也催生了杜甫最著名的诗篇之一《茅屋为秋风所破歌》：

　　八月秋高风怒号，卷我屋上三重茅。茅飞渡江洒江郊，高者挂罥长林梢，下者飘转沉塘坳。南村群童欺我老无力，忍能对面为盗贼。公然抱茅入竹去，唇焦口燥呼不得，归来倚仗自叹息。俄顷风定云墨色，秋天漠漠向昏黑。布衾多年冷似铁，娇儿恶卧踏里裂。床头屋漏无干处，雨脚如麻未断绝。自经丧乱少睡眠，长夜沾湿何由彻！安得广厦千万间，

大庇天下寒士俱欢颜！风雨不动安如山。呜呼！何时眼前突兀见此屋，吾庐独破受冻死亦足！

　　这首诗前半部分非常写实地记录了杜甫草堂遭受风雨袭击的惨状，但如果诗人只是沉溺于自身命运的悲惨，那还不能算是一个伟大的诗人。最为可贵的是，杜甫从个人的遭遇，推及天下黎民苍生。杜甫的足迹曾经走过大唐王朝的很多地方，他亲眼目睹了沉沦在底层的老百姓的痛苦生活，奸臣权贵一手遮天，自己过着奢侈无度的生活，老百姓的真实生活状况却没有办法反馈到执政者那里去。所以杜甫从自己的茅屋被秋风所破联想到了有多少老百姓像自己一样，在饥寒交迫中苦苦挣扎呢？"安得广厦千万间，大庇天下寒士俱欢颜！风雨不动安如山。呜呼！何时眼前突兀见此屋，吾庐独破受冻死亦足！"自己被风雨逼迫、长夜无眠还

147

不要紧，什么时候天下的贫寒之士都能住在温暖坚固的房子里，不要受到暴风骤雨的欺凌。如果真有天下太平的那一天，即便是自己的房子破了、挨冻又何足挂齿呢！

超越一己的命运沉浮，拥有博大仁爱的胸襟，这才是"诗圣"杜甫最崇高和伟大的地方。

八月秋高风怒号，卷我屋上三重茅。

茅飞渡江洒江郊，高者挂罥[2]长林梢，

下者飘转沉塘坳。南村群童欺我老无力，

忍能对面为盗贼。公然抱茅入竹去，

唇焦口燥呼不得，归来倚仗自叹息。

俄顷风定云墨色，秋天漠漠向昏黑。

布衾多年冷似铁，娇儿恶卧踏里裂。

床头屋漏无干处，雨脚如麻未断绝。

自经丧乱少睡眠，长夜沾湿何由彻！

安得广厦千万间，大庇天下寒士俱欢颜！

风雨不动安如山。

呜呼！何时眼前突兀见此屋，

吾庐独破受冻死亦足！

（杜甫《茅屋为秋风所破歌》）

注释：
1.《自京赴奉先县咏怀五百字》："老妻寄异县，十口隔风雪。谁能久不顾，庶往共饥渴。入门闻号啕，幼子饿已卒。吾宁舍一哀，里巷亦呜咽。所愧为人父，无食致夭折。"
2. 罥：[juàn] 缠绕。

前度刘郎今又来——刘禹锡《再游玄都观绝句》

　　唐宪宗元和十年（815年）春天，刘禹锡从贬谪地朗州（今湖南常德）被召回长安，这次回京距离他被贬朗州已经过去了整整十年。长达十年的贬谪之后还能重回长安，说实话，这是刘禹锡做梦都不曾想到的。因为当年被贬谪源于一次震惊朝野的重大政治事件——"永贞革新"及"二王八司马事件"。

　　这次事件，得追溯到公元805年，也就是唐德宗贞元二十一年。就在这一年正月，唐德宗去世，太子李诵即位，也就是唐顺宗，这一年改贞元二十一年为永贞元年。

　　李诵还在当太子的时候，非常信任一个叫王叔文的人，王叔文是陪伴在太子身边下棋的侍从。刘禹锡在东宫给太子当图书管理员的时候，就结识了王叔文，并且成为了志同道合的好朋友。王叔文还称赞过刘禹锡很有政治才华，说他是当宰相的料，对他非常器重。

　　唐顺宗李诵从当太子的时候就对父亲唐德宗的很多做法不满，下决心即位后一定要大刀阔斧地整顿朝纲，振兴国家。他身边围绕着的王叔文、刘禹锡这一批骨干也跟着摩拳擦掌、雄心勃勃，就等着李诵一当皇帝就大干一番利国利民的伟大事业。就说这王叔文吧，除了饱读诗书之外，还精通棋艺，他可是陪着太子下了十八年的棋。十八年的韬光养晦，就为着有朝一日能够放开拳脚，尽情施展自己的理想和抱负。这一天也终于让他给等到了——太子登基了！十八年的等待没有白费！唐顺宗也确实没有辜负王叔文十八年的等待，一登基就委以重任：马上任命王叔文为翰林学士，后来还让他当了户部侍郎等很重要的官职，主管国家的财政大权；刘禹锡被提拔为屯田员外郎，正六品，兼判度支盐铁案，相当于农业部的司长，并且辅佐他之前的上司杜佑管盐、铁、茶等重要物资及其税收；刘禹锡的好友柳宗元也被提拔为礼部员外郎。

当时以王叔文为首的这个集团中，最重要的四个人就是"二王、刘、柳"：即王叔文、王伾、刘禹锡、柳宗元。他们也确实没有辜负皇帝的信任，一朝大权在握，制定了不少富国强民的好政策，推行了一系列的政治改革措施，这就是历史上的"永贞革新"。

在唐德宗时代，掌握朝廷实权的是一帮太监，而各地还有藩镇割据，争夺势力范围的内战此起彼伏，朝廷疲于应付。针对这样的现状，王叔文、刘禹锡集团上台后有两项极为重要的改革措施：第一，打击宦官；第二，削弱藩镇，巩固中央集权。怎么打击宦官呢？举两个例子来说明一下：一是禁止"宫市"，二是废除"五坊小儿"。

所谓"宫市"，就是宫内的太监到市场上去采购东西。太监们仗着是皇帝的人，哪里是采购啊？简直就是巧取豪夺！想给钱就给，想给多少就给多少，想不给就不给……老百姓可是敢怒而不敢言！

再来看"五坊小儿"。这就更荒谬了。"五坊小儿"就是给皇帝养狗啊、鹰啊这类宠物的人。按说这些人顶多算是皇帝的走狗，可偏偏是狗仗人势，经常在地方上横行霸道、敲诈勒索。

除了限制太监的权力，削弱藩镇也是王叔文集团的当务之急。这些雷厉风行的改革措施对太监和军阀们来说，无异于一场大地震。他们岂能束手就擒，眼睁睁看着自己经营了好多年才到手的权力，又轻而易举被王叔文他们夺走? 肯定不能! 于是乎, 太监和军阀们联合起来, 针锋相对地与王叔文集团展开了你死我活的抢夺战! 他们捞到的救命稻草是谁呢? 就是李诵的长子, 当时已被立为太子的李纯。太监、军阀们结成的同盟一时间强大无比——一方面, 太监对宫廷内部的权力之争熟门熟路; 另一方面, 军阀们又兵权在握, 气势汹汹。

李诵虽然贵为太子, 后来又贵为天子, 可惜老天并没有特别关照他, 李诵最大的弱点就是身体不好, 从小就体弱多病。当皇帝以后, 李诵病得更严重, 根本就不能亲自管理朝政。于是, 太监与军阀勾结在一起, 以顺宗病情危重, 不能主理朝政为理由, 联合发动宫廷政变, 逼迫顺宗退位, 拥立太子李纯即位, 这就是历史上的唐宪宗了。王叔文、刘禹锡集团一方面是书生意气, 对自己面临的复杂形势估计不足; 另一方面则是缺乏斗争经验, 又没有强有力的军队, 在这场政变中以惨败告终。

"永贞革新"昙花一现, 以"顺宗内禅"而宣告失败。由于王叔文、刘禹锡曾经强烈反对李纯即位, 唐宪宗李纯一上台首先要解决的就是阻碍他登基的王叔文集团。于是, "二王"中的王叔文被贬为渝州(今重庆市)司户, 次年被赐死; 王伾被贬为开州(今四川开县)司马, 不久病死贬所。刘禹锡、柳宗元等八人分别被贬为八个地方的远州司马: 其中刘禹锡被贬为连州(今广东连州)刺史, 途中再贬朗州(今湖南常德)司马, 柳宗元被贬为邵州(今湖南邵阳)刺史, 途中加贬为更加偏远的永州司马……这就是轰动一时的"二王八司马"事件。算起来, 从唐顺宗805年正月上台, 到同一年八月, 顺宗被迫让位给李纯, 王叔文、刘禹锡集团掌权的时间总共才半年多, "永贞革新"所有雷厉风行的政治改革才刚刚开了个头, 有的甚至还没来得及实施, 就在残酷的政治斗争中灰飞烟灭了。

就这样, 刘禹锡的治国理想崩塌了, 在面对朝政的腐败、宦官的专权、藩镇的骄横时, 他第一次感到自己是如此的无力。他是伤心的, 他也是愤怒的,然而,他更是无力的。来到贬所朗州的第二年,也就是公元806年,接连发生了三件事情,让刘禹锡对朝廷更加绝望。

第一件事,公元806年正月,从长安传来了太上皇李诵驾崩的消息。唐顺宗的死因在历史上是一桩悬案,没人能说清楚唐顺宗到底是怎么死的。是得了重病不治身亡?还是被自己的儿子唐宪宗和宦官给害死的?总之,四十六岁的唐顺宗死得有些不明不白。刘禹锡对唐顺宗是有着深厚感情的:从开始做官,他就在当时还是太子的顺宗身边工作了;顺宗也十分器重刘禹锡,曾经对他委以重任。顺宗的突然死亡,并且死因不明,这对刚刚被贬到朗州的刘禹锡是一个沉重的打击。

第二件事,唐顺宗一死,朝廷就开始赶尽杀绝了!首先是"永贞革新"的核心人物王叔文被唐宪宗赐死,这意味着在唐宪宗眼里,他与"二王八司马"势同水火。既然君臣之间"苦大仇深",那么刘禹锡的处境也就岌岌可危了。

第三件事,唐宪宗在公元806年改年号为元和,806年也就是元和元年。一般皇帝改元,都要法外开恩、大赦天下的。这件事曾给刘禹锡带来了一线希望,他想:也许可以趁皇帝大赦天下的时候,自己能够调到一个离长安稍微近一些的地方,也免得家人跟着自己受苦。于是,他写信给自己的老上司杜佑,希望杜佑能够念及旧情,帮他在皇上面前说说话,给他换个地方。杜佑虽然很同情刘禹锡的遭遇,可是在这件事情上,连杜佑也无能为力,因为事情的发展甚至比刘禹锡希望的还要糟得多!唐宪宗在这年八月下诏说,对于"八司马"是"纵逢恩赦,不在量移之限",也就是说:即使碰到额外的恩赦,对于被贬的"八司马"也不在调动升迁的范围之内。希望瞬间变成了绝望,这就表明了唐宪宗对刘禹锡他们恨之入骨的强硬态度。

一连串的朝局动荡几乎是彻底摧毁了刘禹锡返京的希望,他一度认为自己这辈子真的只能在荒远的贬谪地终老了。

命运的转折出现在元和九年（814年）十二月，朝廷下诏召回刘禹锡、柳宗元等人，刘禹锡自此离开了被贬十年的朗州。这次被召回京自然给了刘禹锡以莫大的希望，在等待朝廷重新任命的日子里，他的心情十分舒畅。很快，元和十年（815年）的春天迈着喜气洋洋的步子降临了。离开京城整整十年的刘禹锡兴致勃勃地去踏青，而这次踏青的目的地，自然就是闻名遐迩的玄都观了。

　　十年前，刘禹锡被贬离京的时候，玄都观还默默无闻，也没有种什么桃花。可是，十年的时间改变了太多的人和事，早就听说玄都观里的道士们精心培植了一片桃林，每逢春天，总是能够吸引一批又一批游春踏青的人们蜂拥而至。憋屈了十年的刘禹锡，也怀着那么一点儿好奇心，约上朋友一起去凑个热闹。

　　对一般人而言，春天踏青赏花也就是饱个眼福，最多也就是摆几个姿势"自拍"几张、发个朋友圈再配上几句"心灵鸡汤"什么的。可刘禹锡是诗人，而且还不是二流三流的诗人，他可是和白居易并称"刘白"的一流大诗人，和柳宗元并称"刘柳"的大文学家。风花雪月本来就是诗人笔下的最爱，更何况是阔别十年的京城，更何况是充满希望的春天，更何况是风情万种的桃花呢。赏完桃花后，刘禹锡的新作——一首桃花诗很快就传遍了京城：

　　紫陌红尘拂面来，无人不道看花回。玄都观里桃千树，尽是刘郎去后栽。

　　"刘郎"就是刘禹锡的自称，从字面上看，诗是实写玄都观赏桃花的盛况：紫陌指京城的道路。春光正好的时候，道路两旁草木葱茏，路上车水马龙，行人川流不息，扬起的尘埃扑面而来，人人脸上都洋溢着春色，笑语喧哗不绝于耳。这个说："玄都观里的桃花开得真是漂亮。"那个答："玄都观的桃花果然不同别处，不虚此行啊！"更有人说："看了

153

玄都观的桃花，别处的桃花简直都看不上眼了……"原来这一路上的人来人往，全都是奔着玄都观里的桃花去的，然后他们全都带着大饱眼福的满足感踏上回程。

刘禹锡这首诗表面上是写赏桃花，其实是醉翁之意不在酒。这首诗题名为《元和十年自朗州承召至京戏赠看花诸君子》，题目比较长，时间、地点、人物都有了，捎带着连写诗的动机都表明了是"戏赠"。原来，他写这首诗根本不是为了赞美桃花的绝世姿容，而是借玄都观里"桃花"的从无到有来表达讽刺的意思。

在这首诗中，桃花是象征永贞革新失败后，朝廷里那些得志的新贵。所谓"玄都观里桃千树，尽是刘郎去后栽"，其真实含义是：看你们这些春风得意的小人，都是我刘禹锡被贬之后猖狂得志的。而那些争先恐后去赏花的看客们象征的就是奔走于权贵之门的趋炎附势之徒，他们上下钻营、淹没在俗世尘埃之中；而玄都观则暗喻纵容、培植权贵的朝廷。这样的讥讽真可谓足够犀利、尖锐了。[1]因此，这首诗一传开，后果很严重，一首貌似简简单单的桃花诗，竟然酿成了一场文字狱：被贬十年刚回京城不久的诗人再度遭到外放，这一贬又是十四年。

十年，再加十四年，总共二十四年！一个人一生能有几个二十四年？作为政治家来说，一生能有几个风华正茂的二十四年？永贞元年（805年），刘禹锡被贬朗州的时候才三十四岁，元和十年（815年）被召回京的时候四十四岁，因为一首"桃花诗"再次被贬，这次被贬到比朗州还要荒远的播州（今贵州遵义）。刘禹锡的老母亲已是八十多岁的耄耋老人，长途劳顿，老人怎么能吃得消？不带上老母亲吧，把老人撇下，这一去千山万水，不能奉养，谁知道以后还见得上不？刘禹锡真是左右为难。好在这时柳宗元两肋插刀挺身而出：柳宗元这次外放柳州，他不顾自己的"罪臣"身份，连夜上书，请求朝廷将自己的贬所与刘禹锡对调，让自己去更远、条件更艰苦的播州。朋友之情感天动地，当时的宰相裴度也在皇帝唐宪宗那里帮忙说情，终于将刘禹锡改派到广东的连州。

这一次被贬，阔别长安又是十四年。十四年中，朝廷已经换了好几个皇帝：从唐宪宗、唐穆宗、唐敬宗到了唐文宗，沧海桑田，人事巨变，唯一不变的是，朝廷里的党争依然激烈。十四年过后，大和二年（828年），当刘禹锡再次回京，又是一个桃花盛开的春天，他再度来到玄都观游春赏花，想去看看记忆中玄都观里桃花的美艳繁盛是否一如往昔。于是他凭着记忆往玄都观奔去，令他感到有点意外的是，与往年赏桃花的人群熙熙攘攘的盛况不同，一路上几乎没碰到什么人，更不要说什么人头攒动的拥挤热闹了。他感觉情况有点不对，直到走近玄都观，他更加印证了一路上的猜测：玄都观本是一个门庭若市的道观，可现在已是门可罗雀，记忆中繁花似锦的桃树林荡然无存，庭院中长满了青青的苔藓，显然是被冷落很长时间了。当年桃花盛开的地方此刻只有野菜花在随风摇曳。眼前的荒凉，和十四年前人潮汹涌的盛况形成了鲜明对比。诗人在园中伫立良久，忍不住长叹一声，吟哦出又一首流传千古的诗歌《再游玄都观绝句》：

百亩庭中半是苔，桃花净尽菜花开。种桃道士归何处，前度刘郎今又来。

宽敞的庭园大半爬满了青苔，当年灿若红霞的桃花林早已踪迹全无，只剩下野菜花在春风中自开自谢。那些悉心种植桃花的道士们如今都跑到哪里去了呢？倒是从前的"刘郎"今天又单枪匹马"杀"回来了！

桃花净尽，青苔蔓延，种桃道士早已不见踪影，只有野菜花寂寞地开着。这样的荒凉不但没有让刘禹锡感到遗憾失望，反而让他感到由衷的欣喜。如果说十四年前的那首桃花诗，所谓"玄都观里桃千树，尽是刘郎去后栽"不过是因为赏花的热闹场景引发了诗人的感慨，借机发发牢骚，那么十四年后的这首《再游玄都观绝句》桃花诗则是故意旧事重

157

提了，"种桃道士归何处，前度刘郎今又来"，诗人对那些盛极而衰的"桃千树"表示了极大的蔑视。你们不是一度很风光得意的吗？怎么我才离开这么十几年，你们就都烟消云散了啊？我刘郎可是又回来了！可见诗人对当时炙手可热的权贵那种争名夺利的极度讽刺，其中也可见诗人足够的自信——别看你们这些"桃千树"可以招摇一时，最终必然花谢花飞，别看"种桃道士"权倾一时，最终必然灰飞烟灭，而笑到最后的一定是我这样正直的人！这个世界终究是邪不压正，春天的阳光也必然驱散阴沉沉的雾霾。

了解了刘禹锡两次"桃花诗"创作的前因后果，我们就能明白这首《再游玄都观绝句》的真实寓意了："桃花净尽"意味着小人不再霸占高位，"种桃道士归何处"意味着小人的靠山——朝廷执政者也倒台了。"种桃道士归何处，前度刘郎今又来"这两句，真可谓意气风发，颇有藐视权贵、不屈不挠的气概，尤其是"今又来"三字很能体现出刘禹锡愈挫愈勇的斗志。

二十四年的放逐生涯，也许足够磨平一个人的所有棱角，却偏偏磨不平刘禹锡的棱角。前后彼此呼应的两首桃花诗，见证了刘禹锡漫长的二十四年贬谪生涯，然而对于刘禹锡来说，贬谪既是个体生命的沉沦，又是个体生命的昂扬，生命的沉沦表现为生命由高向低的跌落以及在跌落过程中受到的磨难；生命的昂扬则是在逆境中顽强坚持，不屈不挠的抗争精神。正是出于对信仰的执着与不懈追求，他才会在面对权贵时毫无畏惧，一次又一次写下著名的"桃花诗"，尽管因此被一贬再贬，他也无悔坚持；甚至到了晚年，他还寄希望于唐朝宰相裴度，想协助裴度刷新政治。可惜裴度在"牛李党争"中受到排挤，无所施为，刘禹锡的政治愿望再次落空。但他倔强乐观的性格自始至终没有被残酷现实消磨，仍然以"莫道桑榆晚，为霞尚满天"（《酬乐天咏老见示》）这样的诗句自勉。在刘禹锡起起伏伏的一生中，无论是风雨磨折，还是冰雪摧残，他总是以光明磊落、正直坦荡的胸怀维护着他心目中的春天，因为他心里的春天，应该一尘不染，应该清澈明净，应该万物更新。

百亩庭中半是苔，

桃花净尽菜花开。

种桃道士归何处，

前度刘郎今又来。

（刘禹锡《再游玄都观绝句》）

注释：

1.谢枋得《注解章泉涧泉二先生选唐诗》卷一："奔趋富贵者汩没尘埃，自谓得志，如春日看花，红尘满面也。玄都观喻朝廷，桃千树喻富贵无能者……皆刘郎去国后宰相所栽培也。"

独钓寒江雪——柳宗元《江雪》

　　大约在唐宪宗元和五年（810年），湖南永州迎来了一个罕见的寒冬，绵延的山脉覆盖着皑皑白雪，纵横交错的河流一改往日奔流不息的灵动，平静得像一面面镜子，整个世界仿佛被冰冻住了似的，只有大朵大朵的雪花铺天盖地而下，无声地融化在"镜"中，为这幅静止的画面平添了一份动感。这是南方难得的雪景，因此尽管天气极冷，柳宗元还是忍不住披上蓑衣，戴上斗笠，信步山野之中，漫天的雪花瞬间将他包围，他也毫不介意。

　　三十八岁的柳宗元理应处于生命的壮年时期，可是漫步在雪地中的他，神态中颇有些与年龄不相符合的深沉与憔悴，如果仔细观察的话，还可以发现他的脸上隐约有些病容，裹在蓑衣下的身体略显瘦弱，只有眼神依旧明亮，但依稀蕴含着一丝苍凉。他的步伐有些缓慢，也许是因为本来没有明确的目的，因此他并不急于赶路，眼前的景色既熟悉又陌生，熟悉是因为几年来，他的足迹已经踏遍了方圆百里的各个角落；陌生是因为漫天的雪花将这个熟悉的世界装点成了另外一番模样，大自然如此瑰奇的变化令他不由得暗暗惊叹造物主的伟大力量。就好像面前这湾浅浅的湖泊，被群山包围着，他平时经常和邻居家的老农一起过来垂钓，或者是开荒，每条小路他都很熟悉。但今天，因为严寒的阻挡，小路都被厚厚的积雪覆盖，不要说看不到一点行人的足迹，连平素热闹喧嚣的鸟群此刻也不见了踪影，山谷中呈现出格外幽静冷寂的美。

沉醉在雪景中的柳宗元忽然停下了脚步——他发现湖面上竟然漂浮着一叶扁舟，扁舟上还有一个人，也披着蓑衣，戴着斗笠，一动不动地坐在船头，一根竹竿静默地垂在他面前——原来是一个渔翁正在钓鱼。因为距离隔得太远，看不太真切，柳宗元无法确切地辨认出斗笠下那张脸是否是他所熟悉的乡邻父老。然而这个奇妙的场景还是深深触动了诗人敏感的心弦：那漫天飞舞的雪花多像这个纷纷扰扰的世界，可是旁若无人的渔翁却能完全置严寒于不顾，置冰雪于不顾，独自沉浸在自己垂钓的境界当中，这需要何等从容的气度和深厚的修为。怦然心动的柳宗元灵感突现，一首五言古绝《江雪》就这样诞生了：

千山鸟飞绝，万径人踪灭。孤舟蓑笠翁，独钓寒江雪。

诗的前两句以自然风景描写入手，其妙处在于写雪景而不着一"雪"字，然而在人和鸟儿的绝迹中已然凸显了冰雪强悍的力量，透出彻骨的寒意。可是在这万籁俱寂的世界中，突然出现了一个独自在漫天风雪中垂钓的渔翁，连世态如此寒冷都不足以让他挂怀，甚至于寒冷的冰雪在他的从容中仿佛都丧失了力道。短短二十字，看似纯粹的雪景，字里行间却分明透露出诗人难以言传的心绪。细心的人甚至还会发现这是一首藏头诗，即每句第一个字连起来便是"千万孤独"。难道，诗人并非只愿意停留在雪景的描绘，而是赋予了诗篇更深刻的内涵，他是想借奇妙的雪景来表达他心中无法排遣的孤独情怀？

诗一吟出，诗人的心绪也像脱缰的野马一样，从眼前的孤舟蓑笠翁飞回到了几年以前那场惊天动地的事件中。

几年前，也就是唐顺宗永贞元年（805 年），为了振兴安史之乱以

161

来衰微的大唐国事，以王叔文、刘禹锡、柳宗元等骨干为首的一批朝廷重臣开始了大刀阔斧的改革，史称"永贞革新"，打击宦官、削弱藩镇等一系列改革措施迅速出台，力图改革朝政中的诸多弊端。激进的改革激起了既得利益阶层——宦官和藩镇的强烈恐慌，他们联手发动了血腥的政变，逼顺宗退位，拥立太子李纯即位，是为唐宪宗。紧接着，永贞革新的所有骨干成员遭到了残酷的报复：王叔文、王伾分别被贬为渝州司户、开州司马；柳宗元、刘禹锡等八人分别被贬为八个地方的远州司马，其中柳宗元被贬为邵州（今湖南邵阳）刺史，在贬谪途中，又接到朝廷命令，加贬为更加偏远的永州司马……这就是轰动一时的"二王八司马"事件。

就在这年年底，柳宗元经过长途跋涉，来到了他的贬谪地——永州。跟他一起历尽磨难、跋山涉水来到永州的，还有他六十七岁的老母亲和他年幼的小女儿。永州，在当时的中原人眼里，还是个不毛之地，是一个"人烟稀少、毒蛇和猛兽横行、瘟疫肆虐的地方"。柳宗元来到永州后遭受了一系列打击：首先是亲人的相继离世。他的老母在来永州的第二年因为水土不服而去世。几年以后，幼小的女儿又染病夭折，死的时候还不到十岁，这再一次让柳宗元痛不欲生。其次，唐宪宗于806年改年号为元和，并且宣布天下大赦。可是，这个大赦的名单里没有柳宗元等"八司马"在列。朝廷甚至还追加了一份诏书：说这八司马"纵逢恩赦，不在量移之限"。也就是说以后即便再遇到皇帝开恩大赦，也轮不到"八司马"。再次，初到永州的柳宗元，生活极度困难，甚至连个简陋的住处都没有，只能暂时寄住在一个叫龙兴寺的寺庙里。而且在以后的几年里，永州还发生了好几次火灾，五年之中，柳宗元住的地方有四次被火灾殃及，其中有一次要不是他逃得快，赤着脚仓皇逃到屋外，可能连性命都保不住……最后，因为水土不服，再加上精神上接二连三的巨大打击，在初到永州的前几年，柳宗元的身体每况愈下。甚至到他刚三十六岁的时候就已经"行则膝颤，坐则髀痹"，走路腿打哆嗦，坐下来就大腿发麻，而且还常常神志混乱，"前后遗忘"，最虚弱的时候连笔都拿不动了……

被贬永州后，柳宗元曾自称"长为孤囚，不能自明"(《与顾十郎书》)，长年累月被当成有罪的囚犯，被孤独地"抛弃"在蛮荒之地。然而，即便遭受了种种灾难，他并不后悔当初的选择。随着在永州日子的渐渐安定，平静下来的柳宗元换了一种眼光来看永州：原来永州并非像中原人以为的那样乌烟瘴气，而是山川秀丽、民风淳朴，诗人伤痕累累的心灵日益得到了抚慰。远离了朝廷尔虞我诈的政治斗争，在孤寂的永州山区，反而成就了一个作为伟大文学家和思想家的柳宗元。永州贬谪生活的十年，柳宗元觉得自己就像那个"孤舟蓑笠翁"，当整个世界都被冰雪吞噬之后，他还能孤独却顽强地守在荒无人烟的地方，一如他在波云诡谲的险恶政坛仍然坚守着他内心的信念，历经磨难却不言放弃。

"孤舟蓑笠翁，独钓寒江雪"既是眼前雪景的绝妙写照，更是柳宗元回顾人生经历时的灵魂感悟。也许此后的人生，他还会经历无数冰雪寒冬，但他也还会像那个雪地里独自垂钓的渔翁一样，不为这个纷扰的世界所动摇。雪花仍在他眼前狂飞乱舞，可久久伫立在风雪中坚定不移的柳宗元，以及远处那个久久静默垂钓的渔翁，才是这个世界最美妙的风景。

千山鸟飞绝，万径人踪灭。
孤舟蓑笠翁，独钓寒江雪。

（柳宗元《江雪》）

要留清白在人间——于谦《石灰吟》

　　明永乐年间（约 1415 年）的一天，于谦与好友在富阳山中读书。某一天下午，也许是长时间读书累了，也许是读得眼睛不舒服了，于谦与好友走出了书房，在山间小路上漫步，路边树木葱茏，一片青翠。于谦正陶醉间，突然从远处传来一阵叮叮当当的敲击声，吸引了他们，他们循着声音，不知不觉就沿着山路走远了。绕过一个山头，于谦看到一群工人正满头大汗、裸着上身在敲打开掘着山上的石灰岩石，他被这种壮观而艰辛的场景震撼住了。富阳盛产石灰岩，所以当地有很多炼制石灰的石灰窑，这些工人就是为石灰窑在开掘原料。这时一个采石工走了过来，于谦赶忙拉着他问：

　　"大哥啊，你们一天能采多少矿石啊？"

　　采石工气喘吁吁地回答说：

　　"不多的，不多的。这石灰岩石十分坚固，开采真是太难了。有时遇到一块大的石灰岩石，敲击几千次也敲不碎啊！你看我们这么多人忙碌了半天，也才这么一点啊！"

　　于谦顺着采石工手指的方向看去，果然只有小小的一堆。他谢过采石工，继续向前走去，大概走出不到几百米就是一个中型的石灰窑。只见一车一车青黑色的石灰岩石被倒入窑中，而窑下是熊熊燃烧的大火，岩石在烈火焚烧中沸腾翻滚。一股热浪扑面而来，于谦不自觉地后退了几步。他好奇地问正往窑里大把大把添柴的烧窑工：

"为什么要这么大的火力？"

烧窑工回答他："这石灰岩石很难熔化，要很强的火力和很高的温度才能将岩石熔碎。"

"哦！"听了烧窑工的话，于谦若有所思。

"你别看现在翻腾的石灰岩石好像很汹涌的样子，等它们彻底熔化，慢慢澄清后，就是一片宁静的纯白，然后就能用石灰装点这个美好的世界了。"

烧窑工看似随意的感叹，不想还颇有文采。于谦听了，若有所悟，他像一个雕像一样站在那里很久没有挪动一步，直到天色渐渐暗了下来，他才踏着暮色回到家中。

正是晚饭时分，家人见于谦久久未归，正担忧间，却见于谦突然回来了，也不往就餐的地方去，而是直接奔向书房，挥笔就写下了一首诗，这就是后来闻名遐迩的《石灰吟》：

千锤万凿出深山，烈火焚烧若等闲。粉身碎骨浑不怕，要留清白在人间。

石灰岩石深藏在山中，需要千锤万凿才能将它取出，当烈火在它下面熊熊燃烧的时候，石灰岩石是那样的从容。它们一点也不胆怯的原因，就在于它们深知，只有经过粉身碎骨的过程，才能将自己的"清白"留在人间，装点人间。于谦把他的所见所闻所想浓缩在短短的四句诗中，足见其智慧。他从石灰岩石在烈火焚烧后被粉碎的过程想象到人生中必然要经过的煎熬、挫折和痛苦。石灰岩石既然能做到"若等闲"，那么有志向的人当然也应该坦然面对人生中可能遇到的困难。石灰岩石不怕

167

粉身碎骨，人也当然应该无惧各种挑战。石灰岩石在经过烈火焚烧后留下了洁白的石灰，人也应该将自己的凛然正气和伟岸人格留给历史。

因为这个下午，于谦将自己曾经模糊甚至散乱的思想清晰而定型了。带着这样高远的志向，于谦在风波险恶的明代政坛，虽然历经磨难，但他不仅为官清廉，抵制了种种腐败行为，而且不畏阻力，平反了许多冤狱。让本来清白的人恢复清白，就成为于谦为官的重要方向之一。于谦这种公正无私、光照日月的人格力量，震慑了朝廷的权贵奸臣。时光已经静静地过去了五百五十多年，于谦的"清白"也早已辉煌地书写在历史的长卷中了。"要留清白在人间"，于谦的一时顿悟，成为其一生追求的目标。少年立志的意义从于谦身上可以很鲜明地体现出来。

千锤万凿出深山，
烈火焚烧若等闲。
粉身碎骨浑不怕，
要留清白在人间。

（于谦《石灰吟》）